Iris

Lees ook van Caja Cazemier:

Vanaf 10 jaar
Windkracht Merel
Wervelwind Merel
Bibi Xtra
Brugklassers! (geschreven met Karel Eykman en Martine
Letterie)
Familiegeheim (geschreven met Martine Letterie)
Survivalgids voor brugklassers (informatief)

Vanaf 13 jaar
Verliefd zijn is een ramp!
Vamp (bekroond met de Prijs van de Jonge Jury 2008)
Te snel
Cool
Offline (genomineerd voor de Prijs van de Jonge Jury 2011)
Echt Emma
Verliefd op je leraar
Knalhard (genomineerd voor de Prijs van de
Jonge Jury 2012)
De eerste keer
Iets van mij
Survivalgids voor pubers (informatief)

CAJA CAZEMIER

IRIS

Uitgeverij Ploegsma Amsterdam

Kijk ook op
www.cajacazemier.nl
www.ploegsma.nl

ISBN 978 90 216 7037 9 / NUR 284/285
© Tekst: Caja Cazemier 1994, 2012
Omslagontwerp: Annemieke Groenhuijzen
Omslagbeeld: Getty Images
Foto auteur: Bertus Molenbuur
© Deze uitgave: Uitgeverij Ploegsma bv, Amsterdam 2012
Dit boek verscheen eerder bij uitgeverij Van Holkema & Warendorf.
Voor deze uitgave heeft de auteur de tekst geheel herzien.

Uitgeverij Ploegsma drukt haar boeken op papier met het FSC-keurmerk.
Zo helpen we waardevolle oerbossen te behouden.

1

'Iris! Telefoon voor je!'

Erica stond onder aan de trap te roepen.

Iris kwam overeind, legde haar tijdschrift weg en liep naar beneden. Wie belde haar nou op de vaste lijn?

Haar pleegmoeder wachtte haar op met de telefoon in haar hand. 'Bart.'

Aarzelend nam Iris hem aan en net zo traag bracht ze de telefoon naar haar oor. 'Hoi, met mij.'

'Hé, Iris.'

'Hoi...'

'Ik dacht, ik bel toch maar even. Hoe is het met je?'

'Gaat wel...' Iris zette haar voet op de onderste tree en begon aan de twee trappen naar haar zolderkamer.

'Klinkt niet erg positief.'

'Ach...'

'Ben je al een beetje gewend?'

'Redelijk.'

'Zijn ze aardig?'

'Jawel.'

'Tjonge, is dat alles wat je kan vertellen?'

'Ja. Nee.'

'Vraag je niet: en hoe is het met jou? Of: heb je me ook gemist?'

'Hoe is het met jou?'

Bart zweeg even, en vroeg toen: 'Wil je niet weten hoe ik aan dit nummer kom?'

'Van Senna natuurlijk. Maar waarvoor bel je? Als je belt om te kloten, dan verbreek ik de verbinding.'

'Nee, sorry, zo bedoel ik het niet. Ik wil weten hoe het met je is. We hebben twee weken alleen maar ge-sms't en een paar keer gechat. Ik wil in het echt met je praten. Ik wil je zien. Ik wil je zoenen. Ik mis je.'

Iris plofte op haar bed en ondanks zichzelf glimlachte ze. Nu zou ze kunnen zeggen: ik mis jou ook, want dat was echt zo, maar ze zei het niet.

'Mag ik niet even langskomen?' vroeg Bart.

Zijn stem in haar oor maakte dat ze ineens zin kreeg hem te zien. Haar zelfgekozen afzondering had lang genoeg geduurd. 'Ja, kom maar hierheen. Je bent natuurlijk nieuwsgierig naar hoe het er hier uitziet. Je weet waar het is?'

'Ja, Koninginnelaan. Ik ben zo bij je. Tot straks!'

Er klonk een smakkend geluid in haar oor en daarna een langgerekte toon. Bart was onderweg.

Blonde krullen, bruine ogen, donkerrood jack en racefiets konden hier over tien minuten zijn. Moest ze nu aan haar pleegmoeder vragen of Bart mocht komen? Pleegmoeder, ze kreeg het haar strot bijna niet uit. Moeder, stiefvader, pleegouders, ze had ze in alle soorten en maten. Ze had er vooral last van.

Iris aarzelde een moment en ging toen toch maar naar beneden om de telefoon terug te brengen. Het achtuurjournaal was zojuist begonnen. Herbert dronk zijn koffie en Erica zat op de bank weggedoken achter de krant. Op de grond naast haar voeten lag een stapel tijdschriften.

Herbert keek op. 'Jij ook koffie, Iris?'

'Nee, dank je. Is het goed als Bart hier straks even komt?'

Iris zag Herbert en Erica een blik van verstandhouding wisselen.

'Natuurlijk, dat hoef je toch niet te vragen?' antwoordde Herbert. 'We willen Bart wel eens zien.'

Wat braaf van me, dacht Iris toen de ze trap weer op klom, *netjes vragen of Bart hier kon komen...*

Rianne deed haar kamerdeur open. 'Wie had je aan de telefoon?'

'Wie had je aan de telefoon?' deed Iris haar na. 'Sinterklaas, nou goed!' Snel deed ze haar eigen deur dicht. 'Nee hoor, helemaal niet nieuwsgierig,' mopperde Iris hardop in haar nieuwe kamer.

Ze keek om zich heen naar de kamer die voornamelijk vol stond met spullen die niet van haar waren. Bed, bureautje en stoel waren net zo tijdelijk als kamer en ouders. Haar kleren, haar make-up, haar laptop: dát was van haar. Ze viste haar sigaretten onder een stapel kleren vandaan en met het raam open ging ze op de brede vensterbank zitten roken. Wat helemaal niet mocht, maar daar had ze schijt aan.

Blonde krullen, donkerrood jack. Daar was Bart. Ze zag hem zoeken naar het juiste nummer. Ze drukte haar sigaret uit tegen een dakpan, keilde de peuk naar beneden waar hij tussen de kale struiken terechtkwam en rende de trappen af. Nog voor hij aan had kunnen bellen, deed Iris de deur open. Ze sloeg haar armen om zijn dikke jack, ging op haar tenen staan en drukte haar lippen op zijn mond. Bart zoende wild terug en schoof zijn handen onder haar trui.

'Niet doen! Je hebt koude handen!' Iris maakte zich los en deed een stap achteruit. 'Hoi. Sorry van zonet. De telefoon.'

Bart wees naar het grote, oude huis. 'Aardig huis hebben die mensen.'

'Had slechter gekund, hè? Kom op!' Iris trok hem naar binnen. Ze stonden in de hal. Bart hing zijn jas op de kapstok en met zijn armen om Iris heen bukte hij om haar te kunnen zoenen.

'Ik heb je toch wel gemist,' zei Iris tussen het kussen door. Bart grijnsde en liet haar uiteindelijk los.

'Wat doet die vent dat hij dit kan betalen?' vroeg hij.

'Weet ik veel. O ja, hij is iets bij de rechtbank. Verdedigt mensen of zo.'

'Advocaat?'

'Geen idee. Zal wel. Hoe moet ik dat weten?'

'Je woont hier nou toch?'

'Wonen... Het is maar wat je wonen noemt. Hierheen, dan kun je hem in eigen persoon zien.' Iris opende de glazen tussendeur naar de gang. 'En zij jou,' voegde ze eraan toe terwijl ze voor hem uit de kamer in liep. 'Dit is Bart.'

Erica en Herbert begroetten hem hartelijk, en Iris ging wat drinken voor hen inschenken. Toen ze met twee glazen terugkwam, waren Bart en Herbert druk in gesprek over de rechtbank. Ze gaf Bart zijn cola en ging op het puntje van de bank zitten. Als Bart nou maar niet te lang bleef kletsen, daar kon hij soms wat van. Iris hoorde hoe het weerbericht nachtvorst aankondigde. Daarna zette Erica de tv uit en vroeg wat Bart deed.

Iris had Bart twee weken niet gezien, niet willen zien. Ze voelde ineens een heftig verlangen naar hem. Toen hij zijn cola op had, onderbrak Iris onbeleefd het gesprek om hem mee te nemen naar de zolderverdieping waar zij haar kamer had. Bart liet zich onmiddellijk op het bed vallen en trok Iris naast zich. Hij schoof zijn handen, die nu lekker warm waren, onder haar trui over haar blote rug. Iris zoende hem in zijn hals. Aan het trillen van zijn keel merkte ze dat Bart iets zei, alleen had ze het niet verstaan.

'Wat?'

'Ik vroeg waarom je zo bot deed door de telefoon,' herhaalde Bart.

Iris maakte zich los uit Barts omhelzing en ging boven op hem liggen.

'Ik hou van je,' antwoordde ze en met haar tong likte ze langs de rand van zijn oorschelp.

'Ik ook van jou,' zei Bart. Hij stak zijn handen onder de bovenrand van Iris' broek en schoof zijn vingers onder haar slipje, over haar billen heen. 'Dat was alleen geen antwoord op mijn vraag.'

Iris plantte haar ellebogen aan weerszijden van zijn hoofd en zei: 'Weet ik veel. We hadden afgesproken dat ik jou zou bellen als ik zover was.'

'Ja, en dat deed je niet,' zei Bart verwijtend. 'Sms'en is niet genoeg, ik wil je zien. Dus.' Hij kneep in haar billen. 'En voelen.'

'Ik zou je heus wel gebeld hebben. Ik had je toch gevraagd of je me even met rust wou laten?'

'Even, ja, geen twee weken. Ik had al veel eerder willen komen, maar mijn moeder zei steeds dat ik toch nog maar even moest wachten. Hé Iris, ik hou van je. Ik heb steeds aan je moeten denken. Ik had iets voor je kunnen doen. Ik wou je helpen.' Bart haalde zijn handen uit haar zwarte broek en wilde ze om haar middel slaan, maar Iris duwde ze weg. Ze kwam overeind.

'En dat is precies waarom je me met rust moest laten,' zei ze fel, 'ik wil niet dat je van alles voor me doet. Je bent zo'n regelneef.'

Bart ging ook rechtop zitten, een eindje bij Iris vandaan. Met zijn voet schoof hij een stapel kleren aan de kant. 'Het is nog wel een troep hier.'

'Begin nou niet weer!' riep Iris. 'Dit is nu mijn kamer en ik doe hier wat ik wil.'

'Ja, jij doet wel wat je wilt. Aan een ander denken is er niet bij.'

Er werd op de deur geklopt. 'Iris?' hoorde ze roepen.

'Shit, Rianne!' Iris sprong op en deed de deur op een kier open. 'Kan je niet op je eigen kamer blijven?'

Ongelovig keek ze Rianne aan. Die had zich opgemaakt, maar ze zag er niet uit met knalrode lippen en grote, groene ogen.

'Kun je me niet even voorstellen aan je vriend?' zei Rianne snel. 'Zolang jij bij ons in huis bent, zal hij hier wel vaker komen.'

'Opzouten alsjeblieft! Of ik roep je vader.' Iris smeet de deur dicht en leunde ertegenaan.

'Wat doe je onaardig tegen haar,' zei Bart.

'Bemoei je er niet mee,' beet Iris van zich af. 'Sorry,' voegde ze eraan toe toen ze Barts gezicht zag, 'laten we geen ruziemaken.'

'Nee, laten we vooral geen ruziemaken,' was zijn sarcastische antwoord.

Bart ging achter het bureau zitten en bladerde even door Iris' schoolboeken. Hij draaide een rondje op de bureaustoel en vroeg zo neutraal mogelijk: 'Hoe is het dagelijks leven hier?'

'Redelijk, al zijn er wel strenge huisregels over roken en drinken en op tijd thuiskomen en zo. Verder bemoeien ze zich weinig met me en laten ze me zo'n beetje m'n gang gaan. Ik vind ze best aardig, al zijn ze een beetje bekakt. En die meid van net is Rianne, dat is dus een kreng van elf, en dan heb je nog Reinout. Hartstikke nerd als je het mij vraagt. Zit de hele dag achter zijn computer.'

'Hoe oud is hij?'

'Net zo oud als ik. En je hoeft echt niet jaloers te zijn, want ik val niet op computerfreaks.'

'Hoe lang zit je hier nou?'

'Vanaf woensdag.'

'Dus nog maar net.'

'Heel slim opgemerkt.'

'En al die tijd ben je bij Senna gebleven?'

'Dat weet je toch allemaal?!' Iris rolde met haar ogen. 'We hebben ge-sms't!'

'Zij mocht dus wel wat voor je doen.'

Dat slachtofferige van Bart irriteerde haar enorm. 'Zij heeft niks gedaan, Jeanette heeft alles geregeld.'

'Welke Jeanette?'

'Jeanette Wiggers, de maatschappelijk werkster.'

'O ja.'

'Waarom kwam je niet bij ons?' vroeg Bart. 'Wij hebben ruimte genoeg. Mijn ouders vonden het goed, dat weet je. Ik zou het te gek gevonden hebben als je bij ons in huis was gekomen.'

'Nee, Bart! Nou begin je er weer over! Ik wil dat niet. Jij en je moeder...' Boos ging Iris op de vensterbank zitten en ze pakte haar sigaretten. 'Jij en je moeder doen hetzelfde. Jullie noemen het helpen, nou, ik noem het bemoeien. Ik regel m'n eigen leven, daar heb ik jullie niet bij nodig. Bovendien...' Iris stak haar sigaret aan en inhaleerde diep. Terwijl ze de rook naar buiten blies, zei ze: 'Ik wil niet net als mijn moeder... Als ik bij jou ga wonen, lijkt het net of we samenwonen. Nog een jaartje verder en we wonen echt samen en op m'n twintigste heb ik ook een kind. Nou, mij niet gezien! Zoek maar een ander als je zo graag wil samenwonen.'

'Waar heb je het over?' vroeg Bart. 'Doe niet zo gek! Natuurlijk is het geen samenwonen als je bij ons in huis komt. Mijn ouders wonen er toch ook, en mijn broers. En dat over een kind is helemaal onzin. Een kind krijg je niet zomaar, daar moet je wel wat voor doen, weet je nog?'

'Mijn moeder zat anders wel zomaar met een kind. Je kent de gevolgen.'

'Ja, maar dat was vroeger.'

'Zestien jaar geleden, om precies te zijn.'

'En wij zullen heus zo stom niet zijn. Ik ga eerst studeren en...'

Iris wapperde met haar hand de rook het raam uit, maar die kringelde toch weer de kamer in. 'Ja, ik ken jouw toekomstplannen. Zo ver is het nog niet. Zo ver wil ik ook helemaal niet vooruitkijken.'

'Maar toen je wegliep van huis, waarom ging je toen naar Senna en niet naar mij?'

'Senna is mijn beste vriendin.'

'En ik ben je vriend.'

'Ja, maar jij en je moeder...'

'Nou begin je weer over mijn moeder.'

'Ja, dat weet ik wel, maar...'

'Maar wat?'

'Jullie zijn zo... Jullie doen zo... Jee, ik kan dat niet uitleggen. Jullie bemoederen me zo, alsof ik een zielig klein kind ben dat niks zelf kan beslissen...'

'En van je eigen moeder...'

'Hou op over mijn moeder!' zei Iris vlug. 'Daar wil ik nu niet over praten.'

Bart werd kwaad. 'Waar wil je dan over praten?'

Aarzelend zei Iris: 'Nou, eh... over... Hoe is het op school?'

'Ach, hou toch op. Daar ben ik niet voor gekomen.'

'Waarvoor dan wel?'

'Wat mankeert jou? Voor jou natuurlijk. Ik hou van je, weet je nog? We hebben iets samen. Ik wou weten hoe het met je gaat. Gek hè? Je hebt me twee weken op afstand gehouden en jij vraagt: waarvoor kom je eigenlijk?'

'Sorry, Bart,' mompelde Iris. 'Ben je kwaad?'

Bart stond op. 'Nee hoor, ik ben helemaal niet kwaad. Bel je als je weer normaal kunt doen? Of nee, ik kom gewoon wel weer langs, want als ik op jouw telefoontje moet wachten, zijn we weer twee weken verder. Ik weet nu waar je woont.' Weg was Bart.

Iris keek door het raam naar buiten. Even later zag ze hem wegfietsen. Nou had ze hem weggejaagd, het was niet eerlijk van haar om zo rot tegen hem te doen. Nijdig drukte ze haar sigaret uit.

De deur ging open. 'Is hij weg?'

'Rianne!' Iris sprong uit de vensterbank. 'Wanneer leer je nou eens dat je niet om de haverklap hier binnen moet komen!' Ze keek naar het rood en groene gezicht. 'Kom eens hier, ik zal je leren hoe je je moet opmaken, want dit lijkt nergens naar. Wacht, eerst die rommel eraf.'

Iris graaide haar reinigingscrème van een plank en draaide de dop eraf.

'Je mag niet roken op je kamer,' zei Rianne. 'Mamma houdt daar niet van.'

'Ik rook niet op mijn kamer, ik rook buiten.'

'Roken is ongezond.'

'Hé, hou effe je kop, dan maak ik je gezicht schoon.' Iris veegde de make-up weg. 'Welke kleur oogschaduw wil je?'

'Groen. Blijf je lang bij ons?'

'Hoe weet ik dat nou? Zit eens stil!'

'De vorige bleef maar kort, die was na vijf weken alweer weg.'

'O.'

'Dat was een jongen. Ik vind het leuk dat jij een meisje bent.'

'Hebben jullie vaker pleegkinderen in huis?'

'Ja, maar altijd tijdelijk, meestal twee of drie maanden.'

Iris tuurde naar Riannes gezicht. 'Kijk, oogschaduw moet je niet te ver uitsmeren. Nu nog wat donkergroen erover.'

'Is dat allemaal van jou?'

'Ja, afblijven van die handel.

'Waarom heb jij dreadlocks?' Nog was Rianne niet klaar met haar nieuwsgierige vragen.

'Vind ik leuk.'

'Kan ik dat ook?'

'Als het je staat, kan iedereen dreadlocks.'

'En doe jij altijd van die donkere oogschaduw op?'

'Ja.'

'Maar je hébt wel andere kleuren.'

'Die gebruik ik niet.'

'Waarom heb je ze dan?'

'Daarom! En nu mond dicht. Zo, je moet niet van die felle lippenstift gebruiken. Dit is een betere kleur voor jou. Doe je lippen eens op elkaar.'

'En draag jij altijd zwarte kleren?' vroeg Rianne toen Iris klaar was met de lippenstift.

'Ja. Ik moet nog ergens een rood shirt hebben, maar dat draag ik nooit. Dat mag jij wel hebben, als je het mooi vindt.'

'Ben jij dan alto?'

'Ik weet niet wie of wat ik ben. En nou opgehoepeld.'

Rianne richtte haar blik op de spiegel en glimlachte blij. 'Dat is veel mooier. Bedankt, hè?' Ze ging de kamer uit.

Met een zucht keek Iris naar haar spiegelbeeld. 'Bedankt, hè?' praatte ze Rianne na. Met de lippenstift schreef ze Barts naam op de spiegel. Ze keek naar de vier letters. Wat moest ze nou met hem? Achter Barts naam schreef ze op de spiegel 'ik hou van hem, ik hou niet van hem,' terwijl ze de woorden zachtjes uitsprak. Het restje lippenstift gooide ze weg.

2

Als ze haar maar wilden hebben. Die woorden spookten door Iris' hoofd terwijl ze in de tuin in een luie stoel lag. Eigenlijk moest ze aan haar huiswerk, maar ze had geen zin. Zo ging het vaak, de afgelopen tijd. Ze kon zichzelf er maar niet toe brengen haar huiswerk te maken, ook al stond ze voor vier vakken onvoldoende. Slaperig draaide ze haar hoofd naar de zon. Door haar gesloten oogleden schemerde het rood, op haar huid voelde ze de warmte. Om haar heen hoorde ze tuingeluiden: vogels, de wind, de stemmetjes van de buurkinderen die in de tuin ernaast speelden.

Hoe lang was ze nu bij haar pleegouders in huis? In de winter was ze gekomen, het leek een eeuwigheid. Nu kon ze binnenkort naar het leefgroephuis, waar ze definitief zou gaan wonen. Als ze haar wilden hebben tenminste...

Al leek het eindeloos lang geleden, de dag dat ze van huis wegliep zou ze nooit vergeten. Iris verbaasde zich er nog wel eens over dat ze de moed had gehad bij Leonie weg te gaan. Je ging niet zomaar bij je moeder weg. Als die verjaardagen er niet waren geweest, zat ze misschien nog wel thuis, bij Leonie en bij Gijs, haar stiefvader.

De verjaardag van Mila en Milan was op 27 januari. De tweeling werd één jaar en dat werd gevierd met een huis vol slingers, twee door Leonie zelfgebakken taarten, en met veel familie over de vloer. Leonie en Gijs hadden trots en gelukkig toegekeken hoe die kleine krengen al he-le-maal zélf de cadeautjes uitpakten. Dat was een kunst als je vader of moeder het plakband al had losgemaakt! Leonie had zich voor Iris nooit zo uitgesloofd. Een verjaarspartijtje organiseren had ze altijd te veel moeite gevonden. Iris mocht met een vriendinnetje naar de film en dat was het dan.

Iris was naar Bart gegaan, waar ze had gescholden en gehuild. Bart en zijn moeder leefden mee, troostten haar en Bart had heel lief gebakjes gekocht.

Drie dagen later was Iris zelf jarig. Er was een 'verjaardagsontbijt' dat niet afweek van het ontbijt op andere dagen, ze kreeg een verjaardagskus, en 's middags uit school een envelop met geld en restjes taart van de verjaardag van Mila en Milan. Wat overbleef, was voor haar. En omdat Leonie hoofdpijn had en geen drukte in huis kon hebben, kwamen haar vriendin Senna en nog wat mensen van school bij Bart thuis met hun cadeaus. Maar toen Iris de volgende dag thuiskwam uit school, trof ze een vrolijke Leonie aan die gekke spelletjes deed met de tweeling. Huilend was Iris naar haar kamer gerend, had wat spullen in een tas gegooid en was naar Senna gefietst. De maat was vol. Het was duidelijk: ze deed er al nooit toe, maar nu helemaal niet meer. Bij Senna thuis bleef ze herhalen: 'Ik ga niet meer terug. Nooit meer. Ze hoeven me niet. Ze willen me niet. Ze zullen alleen maar blij zijn als ik opgerot ben.'

Senna en haar ouders hadden op Iris ingepraat, haar aldoor voorgehouden wat voor gevolgen weglopen had, maar Iris was vastbesloten: ze ging niet terug. Toen hadden Senna's ouders voorgesteld dat ze eerst bij hen zou blijven, zodat ze 'af kon koelen' en rustig na kon denken of ze dit echt wel wou. Ze kon dan altijd nog terug. Senna's vader belde Leonie om te vertellen dat Iris bij hen was.

Senna's vader belde ook naar Bureau Jeugdzorg. Niet veel later beklom Iris voor de eerste keer de trappen van het oude herenhuis aan de Singel. Daar ontmoette ze Jeanette Wiggers, de maatschappelijk werkster die zich met haar toekomst bezighield. Ze was in een rare wereld terechtgekomen: allerlei mensen bemoeiden zich nu met haar. En ze moest praten, heel veel praten zelfs. Er werden allerlei rapporten over haar geschreven. Soms had ze het gevoel dat het niet meer over haarzelf ging, maar over iemand anders, over een meisje dat toevallig ook Iris heette. Jeanette Wiggers had ook een paar keer met Leonie en Gijs gesproken en ze had geprobeerd Iris over te halen bij één van die gesprekken aanwezig te zijn. Iris had geweigerd. Jeanette had haar verschillende keren gevraagd of ze het niet nog eens wilde proberen thuis, maar ook dat wilde Iris niet. De maat was echt vol. Leonie wilde haar niet, zij wilde Leonie niet. Ze ging niet terug, nooit meer.

Daarna had Jeanette een tijdelijk opvangadres voor Iris gezocht, een pleeggezin, waar ze een paar maanden zou blijven. Jeanette had Leonie en Gijs zover gekregen dat ze daar hun toestemming voor gaven. In die tijd kon naar een definitieve oplossing gezocht worden. Wanhopig had Iris naar Senna's ouders gekeken: kon ze zolang niet bij hen blijven?

Maar dat ging niet. Er was te weinig ruimte in hun huis, het was ook te dicht bij het huis van Leonie. Bovendien was het volgens Jeanette beter voor Iris om in een andere omgeving met zichzelf en haar problemen in het reine te komen. Afstand, had Jeanette gezegd. Afstand en rust had ze nodig.

Dus was ze naar Erica en Herbert vertrokken. Senna had nog wat spullen van thuis voor haar opgehaald. Iris wilde Leonie niet meer zien. Ze was zelf weggelopen, maar voor haar gevoel was ze door Leonie aan de kant gezet, alsof ze niet meer bestond voor haar eigen moeder. Dan maar helemaal geen moeder, of een surrogaatmoeder in de persoon van Erica.

Iris streek met de rug van haar hand langs haar wang. Ze kneep haar ogen stijf dicht. Weg die tranen. Altijd als ze aan Leonie dacht, voelde ze tranen opkomen. Daar moest ze nou toch een keer vanaf. Verdomme, ze was geen klein kind meer dat eeuwig een potje kon blijven janken om haar moeder.

Maar het deed nog steeds zo'n pijn, een moeder die je moeder niet meer was...

Bart... Ineens verlangde ze naar Barts troostende arm om zich heen. Iris moest weer denken aan de eerste keer dat hij hier bij haar was geweest. Ook al wist ze zeker dat ze niet terug wilde naar Leonie, ze was in die eerste weken zo onzeker geweest over wat haar te wachten stond. Ze had Bart expres op afstand gehouden toen, en dat hij daar boos over was geweest, kon ze best begrijpen. Ja, ze hield van hem, hij was lief. Even had ze nog gedacht dat ze niet meer van hem hield en zelfs dat ze helemaal geen liefde meer kon voelen, zo'n complete puinhoop was het binnen in haar. Maar ze kon zijn liefde niet óók nog missen, ze had hem gewoon nodig om te overleven. Hij stond altijd voor haar klaar. Een béétje twijfel bleef, want zijn bezorgdheid vond ze vaak overdreven en irritant.

Bij Erica en Herbert was ze tot rust gekomen en nu zou ze niet lang meer bij hen blijven. Met Jeanette had Iris gepraat over waar ze wilde wonen, want terug naar Leonie en Gijs wilde ze absoluut niet. Ze wilde graag naar een leefgroep, een huis waar een aantal jongeren bij elkaar wonen.

Alternatief was een pleeggezin, een ander gezin dan dat van Erica en Herbert, maar dat wilde Iris niet, want in het leefgroephuis was ze zelfstandiger en kreeg ze geen nieuwe 'vader' en 'moeder'.

Iris had de vorige maand een week gelogeerd in de leefgroep. Een weekje proefgedraaid. Ze had de andere mensen die daar woonden een beetje leren kennen en ze had kennisgemaakt met de groepsleiding. Zo had zij kunnen zien hoe het was om daar te wonen en de groep en de groepsleiders konden zich een mening over haar vormen. Van hun oordeel hing af of ze er mocht komen wonen. In een van de rapporten van Bureau Jeugdzorg had al gestaan dat er van die kant geen bezwaren waren om haar een kamer toe te wijzen. Iris zag het wel zitten, het leek haar gezellig met vijf andere jongeren in één huis. Nu moesten de anderen háár ook zien zitten. Daar voelde ze zich onzeker over: zouden ze haar daar willen hebben?

'Hé, Iris, wil je me helpen?' Herbert stond naast haar, tuingereedschap in de hand en sandalen aan zijn voeten.

Iris kwam overeind uit haar luie stoel en veegde met haar hand nog een keer langs haar wangen. Ze knipperde een paar keer met haar ogen en vroeg: 'Waarmee?'

'Met onkruid wieden. De hoop dat mijn eigen kinderen me ooit nog in de tuin zullen helpen, heb ik laten varen. Reinout is niet achter zijn computer weg te slaan en Rianne is bang voor vieze handen. Hoe zit het met jou?'

'Ik ben niet bang voor vieze handen, maar ik ben wel bang dat je niks aan mij zult hebben. Ik heb altijd in een bovenhuis gewoond en ik weet niets van tuinieren. Ik weet het verschil niet tussen de ene plant en de andere.'

'Dat maakt niet uit, onkruid wieden kan iedereen. Ik ben

allang blij als je me even wilt helpen. Ik heb dit voorjaar nog niets aan de tuin gedaan en het is hard nodig.'

'Ik waarschuw je wel, hoor: straks trek ik met het onkruid alle planten eruit.'

'Ik zeg wel wat onkruid is en wat niet.' Herbert wees en Iris bukte zich. Zwijgend trok ze aan de groene stelen.

'Heeft Erica al gezegd dat Jeanette heeft gebeld?' vroeg Herbert opeens.

'Nee!' Iris ging rechtop staan. 'En, wat zei ze?'

'Er is een kamer vrij en je kunt er volgende week zaterdag in.'

Iris sprong op. 'Wauw, wat fijn! O, te gek! Wat ben ik blij!'

'Had je het zo slecht hier?'

Iris keek naar zijn lachende gezicht. 'Nee, zo bedoel ik het niet.'

'Dat weet ik wel. Was je bang dat het niet door zou gaan?'

'Ja, ik dacht, zij zullen mij ook wel niet willen hebben...' Met een ruk trok Iris een plant uit de aarde.

'Pas op, Iris, dat was een primula.'

'Sorry.' Beteuterd bekeek ze de bladeren in haar hand.

'Daar hoef je toch niet bang voor te zijn,' zei Herbert. 'Er is altijd wel ergens een plaatsje voor jou. En wat je vertelde over dat huis, dat leek me allemaal wel in orde.' Toen Iris niet antwoordde, zei hij: 'Kijk, de regenwormen komen boven.'

Iris huiverde. 'Waarom doen jullie het eigenlijk?'

'Wat?'

'Andermans kinderen in huis nemen.'

'Uit idealisme, denk ik. Wij hebben het goed met z'n vieren en dan wil je iemand zoals jij, die het niet zo getroffen heeft thuis, helpen.'

'Maar altijd een vreemde in je huis...'

'Valt wel mee, hoor. Ons huis is groot genoeg. Bovendien is er niet altijd iemand. Als jij weg bent straks, hebben wij weer een poosje rust!'

Herbert plaagde haar graag. Het had een tijdje geduurd voor Iris daarachter was. Ze was niet gewend dat mensen zo met elkaar omgingen. In het begin had ze hem serieus genomen en wist ze niet goed wat ze aan hem had. Ze besefte dat ze op hem en op Erica gesteld was geraakt en nu ging ze weg...

Ondanks de zon op haar gezicht voelde ze de rillingen over haar rug lopen. Het overbekende gevoel van eenzaamheid benam haar de adem. Ze moest weer weg en de toekomst was zo onzeker! Het was gemeen! Had zij maar lieve en zorgzame ouders, zoals Reinout en Rianne, zoals Senna, zoals Bart. Zelfs Barts moeder zou ze op dit moment wel als moeder willen, al vond ze het mens normaal gesproken een vreselijke bemoeial. Wat stond haar te wachten? Wat hing haar boven het hoofd? Waarom kon ze niet hier blijven? Ze had het hier best naar haar zin gehad, ondanks alle verdriet om Leonie.

Iris' handen woelden in de zwarte aarde. Nee, uiteindelijk wilden Herbert en Erica haar ook niet. Anders zou ze hier wel kunnen blijven. Zo'n vader en moeder wilde ze wel en Rianne... Och, die viel uiteindelijk ook wel mee. Je moest weten hoe je haar kon paaien, dan deed ze alles voor je. De leefgroep... Plotseling wist ze het niet meer. Waarom wou ze dat ook alweer zo graag?

Ze kwam overeind en zei tegen Herbert: 'Ik heb geen zin meer.' Als ze hier toch niet kon blijven, wat deed ze dan nog in de tuin?

3

'Ben je zover, Iris?' vroeg Herbert.

Iris keek om zich heen. Het bed, het bureautje en de stoel leken leeg zonder haar spullen.

'Ja, ik geloof van wel. Of wacht, die moet nog mee.' Boven het bed, op de plaats waar ze naar de muur had liggen staren als ze 's avonds niet had kunnen slapen, hing de kaart nog die Bart haar gestuurd had toen ze een één voor Duits had gehaald. Een zwart-wit ansichtkaart met een speelgoedbeer en -konijn, op de rug gefotografeerd. Het konijn had zijn poot om de schouders van de beer geslagen.

'Ik neem deze vast mee naar beneden.' Herbert stapelde twee dozen op elkaar. 'Draag jij de rest? Erica heeft koffie en thee klaar, dan drinken we nog een kopje voor we gaan.'

'Ja, dat lukt wel.'

Met veel moeite peuterde Iris de punaise los, waarmee de kaart in de muur zat vastgeprikt.

'Shit!' Haar nagel brak. Ze liet zich op het bed vallen. 'Shit, shit, shit.' Ze bekeek de andere nagels, lang en zwartgelakt. Driftig met haar ogen knipperend ritste ze de weekendtas open, op zoek naar haar toilettas. Waar was dat rotding? Ze zocht in de tas, tot haar kleren één grote puinhoop vormden. Dan alles er maar uit. Ze gooide de inhoud op de vloer. Daar, helemaal onderin, natuurlijk. Ze pakte haar nagelvijl en begon te vijlen. Eigenlijk moest ze de nagel opnieuw lakken. Geen tijd voor, nu. Alhoewel, toch maar doen, zo was het helemaal geen gezicht.

Iris bleef zitten, flesje nagellak in de ene, vijl in de andere hand. Ze boog haar hoofd, sloot haar ogen. Koppijn. Straks paracetamol aan Erica vragen.

Ze ging weg. Ze moest weg. Nu niet vrijwillig. En ze wist niet meer waarom ze naar dat stomme leefgroephuis wilde.

Iris beet op haar kapotte nagel. Ze was ook hier te veel. Dat idealisme hier in huis... Fuck het idealisme van Herbert! Iris begreep het nu: ze deden het om de omgeving te laten zien hoe goed ze wel niet waren, hoe fantastisch ze al die weggelopen kinderen opvingen. Niet om haar, nee, het ging ze zeker niet om haar. Al die belangstelling was vals, dat speelden ze maar. Erica had haar getroost, Herbert had met haar gepraat, Reinout had haar nieuwe games leren spelen en Rianne had haar stapels tijdschriften geleend, en dat allemaal omdat ze iets sociaals wilden doen.

'Iris!'

Iris schrok op. Fuck, nou was haar nagel helemaal naar de bliksem. Stukgebeten, de zwarte lak er half af.

'Iris!' De deur ging open. Rianne stak haar hoofd om de hoek. 'Zit je nou nog steeds hier? Je thee wordt koud. Ik moest je halen van pappa.'

Toen ze de zwarte berg kleren zag, zei Rianne: 'Wat is er? Heb je alles weer uitgepakt? Heb je besloten om toch maar hier te blijven?'

Dat had ze nou niet moeten zeggen! 'Nee, natuurlijk niet, maak je maar niet ongerust, straks heb je de zolderverdieping weer voor jou alleen,' beet Iris Rianne toe en ze propte haastig de kleren in de tas.

'Nou zeg, ik maakte maar een grapje,' zei Rianne.

24

'Heb ik wat van je aan soms? Je staat me zo aan te staren. Hoepel op, alsjeblieft, ik kom zo beneden.'

Waarom ging ze altijd zo katten als ze zich ellendig voelde? En waarom ging dat kind niet weg als ze dat zei?

'Eh... Iris, ik heb wat voor je.' In haar uitgestoken hand had Rianne een klein pakje. 'Cadeautje. Voor jou. Afscheidscadeautje, zeg maar, omdat ik 't toch wel jammer vind dat je weggaat.'

Iris pakte het ongelovig aan. 'Voor mij?'

'Ja, eh, omdat... Nou ja, je hebt me leren opmaken, en zo. Dat kan je hartstikke goed!'

Iris haalde het papier eraf. Er zat oogschaduw in, gele glitteroogschaduw, een kleur die ze nooit zou gebruiken. Superlelijk. Even wist ze niet wat ze moest zeggen. Rianne vond het echt rot dat ze wegging. Iris schaamde zich voor haar woorden van zonet.

'Goh, dank je wel. Aardig van je.'

Rianne bloosde. 'Ga je mee naar beneden?'

'Ja, even mijn kleren...' Iris propte alles in de tas, zette haar knie erop, duwde de beide tashelften tegen elkaar aan en trok de rits dicht. 'Ik neem die wel.' Rianne pakte de andere tas en samen liepen ze naar beneden.

Iris vroeg Erica om paracetamol en dronk vlug haar koud geworden thee op. Ze wilde nu zo snel mogelijk weg. Met tranen in haar ogen zoende ze haar pleegmoeder. 'Je komt nog wel eens langs, hè?' vroeg Erica.

Iris knikte.

Met een brok in haar keel stapte ze in de auto. Herbert had haar bagage in de kofferbak gezet en ging naast haar zitten. Reinout passeerde hen met een brede armzwaai. Hij zou haar fiets naar het leefgroephuis brengen. Ze had ook zelf kunnen fietsen, maar Herbert stond erop haar te brengen. Vanuit haar ooghoeken zag Iris Erica en Rianne op de stoep staan zwaaien. Ze zwaaide niet terug.

Iris zei niets tijdens de autorit naar haar nieuwe huis. Ze dacht terug aan de fietstocht van haar eigen huis naar dat van Senna, de dag na haar verjaardag. Met haar weekendtas achterop had ze het kleine eindje in heel korte tijd afgelegd, staand op de pedalen, als een gek trappend. Zo voelde ze zich ook: alsof ze gek werd. Steeds had ze gedacht: ik wil niet meer, ik wil niet meer. Ik ga weg, nu loop ik echt weg. Ik loop weg. Ik wil niet meer bij dat stomme mens wonen, ik houd het er niet meer uit.

Door haar tranen had ze van het verkeer weinig kunnen zien. Als ze toen onder een auto was gekomen, had het haar geen barst kunnen schelen. Net goed voor Leonie!

Ook nu was alles wat Iris door de voorruit zag, wazig geworden. Ze kon niet in haar ogen wrijven, dan zou haar make-up doorlopen. Ze beet hard op haar onderlip. Dat hielp niet. Dan maar haar nagels, die waren toch al verpest. Vol overgave beet ze drie zwarte, puntige nagels af.

'Hier is het, nummer elf,' wees Iris Herbert even later, toen ze de straat in reden waar het leefgroephuis stond.

Ze moest zichzelf eerst moed inspreken voor ze uitstapte. Herbert stond al met de dozen naast de auto. 'Hé, Iris, kom op!'

Iris pakte de twee tassen uit de kofferbak en liep het tuinpad op, dat naar een doodgewoon rijtjeshuis leidde. Niks bijzonders eigenlijk. Links en rechts stonden precies dezelfde huizen. Iris keek naar nummer negen, dat huis hoorde erbij. De leefgroep had twee panden.

Een lang, blond meisje deed de deur open. Dat was Ilona.

'Hai, Iris. Welkom thuis!' zei ze lachend.

Nou, nou, was dat niet wat overdreven?

'Waar moet het allemaal naartoe?' vroeg Herbert, die achter Iris was blijven staan.

Wubbe kwam aangelopen, een van de groepsleiders. Hij werd Iris' mentor. Stomme naam, Wubbe.

'Dag Iris, dag meneer Ferwerda. Kom binnen. Wijs jij Iris haar kamer, Ilona? Dan kunnen jullie de spullen daar direct neerzetten.' Hij keek Herbert aan. 'Zin in koffie?'

'Graag.'

'Goed, komt voor elkaar.' Wubbe verdween in de keuken, Iris en Herbert volgden Ilona de trap op.

'Jij krijgt een kamer tegenover de mijne,' zei Ilona tegen Iris toen ze boven waren. 'Junior slaapt hier, dat is mijn kamer en hier is jouw kamer.' Ze deed de deur open. 'De rest slaapt in het andere huis.'

Iris ging de kamer binnen. Hij was niet erg groot. Het bed stond aan de lange kant onder het raam, aan het voeteneinde een kast, daarnaast een wastafel, links in de hoek een bureau en verder stond er nog een grote, zwarte stoel.

'Die heb je aan mij te danken,' zei Ilona trots. 'Wubbe wilde hem op zolder zetten, daar gaan alle spullen heen die de mensen die weggaan hier laten staan. Ik dacht dat jij hem wel mooi zou vinden. Als je hem niet wilt, zet ik hem wel op zolder.'

Bemoeizuchtig type, die Ilona, dacht Iris. Toch was dat wel aardig van haar.

'Nee, ik vind hem mooi, dank je wel.'

'Ik ga naar beneden, Iris,' zei Herbert. 'Ik drink nog een kopje koffie met Wubbe. Moet ik nu afscheid van je nemen of kom je nog beneden?' Hij had de dozen op het bureau gezet en keek Iris afwachtend aan.

'Ik blijf liever hier,' zei ze.

'Dan ga ik maar, hou je taai, meid! En denk erom, je bent altijd welkom, ook al woon je niet meer bij ons.'

'Bedankt, Herbert.'

'Iris! Je fiets!' brulde Wubbe van beneden.

'Laat maar.' Herbert hield Iris tegen, die naar beneden wilde gaan. 'Ik zet hem wel voor je in de schuur.'

'Aardige man,' zei Ilona toen Herbert verdwenen was.

'Mmm.' Iris wist het niet meer. Hij liet haar in de steek.

'Vreemd alles, hè, zo'n eerste dag. Ik kan me dat nog zo goed herinneren. Zal ik je helpen uitpakken en inrichten?' bood Ilona aan.

'Als je het niet erg vindt, doe ik het zelf,' antwoordde Iris.

'Oké, best. Ik kom straks nog wel even kijken.'

Later op de ochtend kwam Ilona nog een keer vragen of ze iets voor Iris kon doen en opnieuw sloeg Iris het aanbod af. Ze wou alleen zijn. Toen Ilona haar kwam roepen voor de lunch, ging ze met tegenzin mee naar beneden. Liever was ze op haar kamer gebleven, maar dat kon natuurlijk niet. Het ergerde haar dat Ilona zich zo opdrong, daar had ze geen behoefte aan. Als ze met iemand wilde praten, deed ze dat wel met Senna, die kwam vanmiddag.

Aan tafel zag Iris de anderen weer: Tosca, Stephanie, Ferry en Junior. Er werd druk gepraat. Ferry had het hoogste woord, hij deed duidelijk zijn best om Iris' aandacht te trekken en hing stoere verhalen op over de band waar hij in speelde. Tosca, Stephanie en Ilona vielen hem voortdurend in de rede, alsof ze het niet konden hebben dat hij steeds tegen Iris praatte. Het was Iris ook al opgevallen toen ze hier die week logeerde: er was een levendige concurrentiestrijd tussen die drie meiden om Ferry's aandacht.

Tosca en Stephanie waren zussen. Tosca was veertien en nogal een kreng. Ze maakte met iedereen ruzie, nog het meest met Stephanie, haar twee jaar oudere zus. Iris had al een paar keer met Tosca in de clinch gelegen in de week dat ze hier proefdraaide. Stephanie was een stille, Iris wist niet goed wat ze van haar moest denken. Die donkere ogen keken je zo uit de hoogte aan. Van Ilona wist ze dat de moeder van Stephanie en Tosca uit Indonesië kwam.

Ferry, ook zestien, was nog het leukst. Hij zag er goed uit met z'n haar zo over zijn ogen. Wel was hij een bluffer, maar Iris vond hem niet onaardig. Junior was de jongste. Nog echt een kind, je zou hem zo een jaar of elf schatten, hoewel hij dertien was. Hij was duidelijk het lievelingetje van iedereen. Vooral de meiden konden hem vreselijk bemoederen. Dat leek haar stom, maar hij vond het allemaal wel best, zo leek het tenminste.

'Wie heet er nou Junior?' vroeg ze plompverloren.

'Ik,' zei Junior stralend.

'Gekke naam.'

'Bij ons heten de jongens wel vaker Junior.'

Iris keek naar zijn donkere huid. 'Waar is bij ons?'

'Mijn moeder komt van Curaçao.'

Ilona was met haar zeventien jaar de oudste van het stel. Ze was er zo eentje die altijd de vrede probeerde te bewaren. Tijdens de proefweek van Iris had ze erg haar best gedaan om Iris op haar gemak te stellen. Ze bleef maar ratelen: hoe iedereen was, hoe de leiding was, wat wel en wat niet mocht, bij wie je het meest gedaan kreeg, wie het lekkerst kon koken. Iris had geprobeerd haar op afstand te houden, ze moest niet te close worden!

Iris' oren tuitten van al het geklets. Na het eten vluchtte ze gauw naar haar kamer.

4

Later op de middag stond Senna in haar kamer. Ze duwde Iris een langwerpig, rond pakje in haar hand, terwijl ze haar twee zoenen op de wang drukte. 'Hier, voor jou.'

Nieuwsgierig keek ze rond.

'Goh, wat lief van je, Sen.' Iris ging op het bed zitten en maakte het pakje open.

'Te gek zeg!' riep ze uit toen ze de poster uitrolde en het hoofd van haar favoriete zangeres haar in uitvergroting toelachte. Haar naam stond er in roze letters boven: P!nk.

'Je kan wel iets gebruiken voor aan de muur,' zei Senna. 'Beetje ongezellige boel hier.'

Iris had haar spullen zomaar neergezet, ze had geen moeite gedaan de kamer gezellig te maken. Alleen haar verzameling knuffels had ze met veel zorg op het bed gerangschikt. Ze haalde haar schouders op. 'Ik vind het wel best zo.'

Senna lachte. 'Ja, die kennen we. Je kamer bij Erica en Herbert was ook zo sfeervol.'

'Nou en?'

'Niks nou en, daar zat je tijdelijk. Hier moet je veel langer wonen, dus gaan we er wat aan doen.' Senna begon ijverig met opruimen.

'Ja, laten we dat vooral doen,' zei Iris, maar ze liet haar vriendin begaan. Ze pakte haar gele beer en zette hem op haar knieën. Terwijl ze vertelde van het afscheid van de Ferwerda's, aaide ze over de kop en oortjes van de beer. Dat troostte.

Senna sloot de boxjes aan op de laptop en vroeg Iris haar muziekbestanden te openen. Toen Pink klonk, zei ze: 'Zo, dat lijkt er meer op. Hè, hè, ik heb er dorst van gekregen.'

'Goed. Ik snap het. Ik ga al.'

Iris ging naar beneden. Op het aanrecht in de keuken stond een grote pot thee. Ze schonk twee koppen vol en ging op zoek naar koekjes. Ze wilde er vier pakken, bedacht zich toen en nam de hele rol mee naar boven.

'Mag dat zomaar?' vroeg Senna, terwijl ze zich te goed deed aan de biscuits.

'Geen idee, vast wel,' antwoordde Iris onverschillig. 'Ik woon hier nou, dus kan ik nemen wat ik wil.'

'Wie was dat eigenlijk die de deur voor me opendeed?'

'Dat was Ferry.'

'Leuke jongen.'

'Vind je?'

'Jij niet dan?

'Hij is een uitslover.'

'Nou, ik zou maar wat graag bij zo'n stuk in huis wonen, bofkont.'

Iris keek Senna strak aan. 'En ik zou maar wat graag gewoon bij mijn liefhebbende pappie en mammie wonen, bofkont.'

Senna knikte even en zei: 'Sorry, dat bedoelde ik niet zo.'

Iris smeet de gele beer naar haar hoofd. Senna boog opzij om de beer te ontwijken en verslikte zich in een koekje. Hoestend dook ze op de grond en haalde de beer achter de stoel vandaan. Ze zette hem op haar knie, kuchte nog een keer en vroeg: 'Is Bart al geweest?'

'Nee, die komt vanavond.'

'Hoe gaat het met jullie?' vroeg Senna.

'I don't know,' antwoordde Iris.

'Hoezo?'

'Ik zie hem niet zo vaak.'

'Het is toch niet uit?' vroeg Senna geschrokken.

'Nee, natuurlijk niet, dan had ik je dat heus wel verteld. Ik weet niet, hij werkt me op mijn zenuwen, ik kan niet zo goed tegen dat medelijden van hem. Ach, het komt wel weer goed.'

'Daar snap ik niks van.'

'Ik eigenlijk ook niet,' zei Iris zacht.

'Wees maar een beetje zuinig op zo'n vent,' adviseerde Senna en vervolgens vroeg ze: 'Hoe kom je nou aan geld?'

'Gewoon, ik krijg hier zakgeld en kleedgeld,' antwoordde Iris.

'Nou, da's dan een vooruitgang,' constateerde Senna nuchter, 'dan hoef je niet meer om elk shirtje te bedelen.'

'Dat is waar.'

'Maar waar komt dat geld eigenlijk vandaan?'

'Van Leonie en Gijs. Die betalen gewoon voor me. En het wordt uitbetaald door de groepsleiding.'

'Dus dat doen ze nog wel?'

'Ze moeten wel. Ik weet niet precies wat er zou gebeuren als ze niet zouden willen betalen; ik weet alleen dat mijn moeder nog wel de ouderlijke macht of zoiets over me heeft. Dus zij heeft nog steeds iets over mij te zeggen en ze moet ook voor me betalen.'

'Klinkt ingewikkeld.'

'Jeanette vertelde dat er ouders zijn die helemaal niets meer met hun kind te maken willen hebben als dat is weggelopen. Dan wordt het pas ingewikkeld. Dat heeft ze me wel uitgelegd, maar dat weet ik niet meer.'

Ze luisterden een tijdje naar Pink.

'Jeanette zei ook nog dat ik blij moest zijn dat Leonie en Gijs het gewoon goedvinden dat ik hier zit,' ging Iris met trillende stem door. 'Anders was de Kinderbescherming eraan te pas gekomen.' Ze zweeg en nam een van de knuffels in haar armen.

'Hé Iris, zie je het wel zitten hier?' klonk ver weg de stem van Senna.

Opeens waren er tranen. Ze kon er niets aan doen, alles was vreemd en onwennig. Ze had zo stoer lopen doen de afgelopen dagen en steeds had ze zichzelf voorgehouden dat het leuk was om hierheen te verhuizen. Zo had ze haar twijfels weggeredeneerd. Ze wilde het toch zelf? Ja, natuurlijk wilde ze het zelf en ze was ook zelf weggelopen, maar het liefst, het allerliefst woonde ze thuis, maar dan zonder Gijs en zonder Mila en Milan, en met een Leonie die van haar hield en haar niet het gevoel gaf dat ze te veel was. Of desnoods met Gijs en de tweeling erbij, maar dan wel met een moeder die net zo veel om háár gaf als om de tweeling. Die haar het gevoel gaf dat ze net zo veel waard was als de tweeling. Nu voelde ze zich een lastpost, een blok aan het been, een grote nul. Het was een wonder dat ze haar hier wel wilden hebben.

Senna ging naast Iris op het bed zitten en sloeg een arm om haar heen. 'Hé joh, wat is er?'

Iris' schouders bewogen op en neer.

'Ach nee, laat maar, ik snap het zo ook wel,' zei Senna. Ze deed de kastdeur open en trok een zwart T-shirt uit de kast. 'Hier, bij gebrek aan zakdoekjes.'

Iris verborg haar gezicht in het shirt.

'Het is even wennen, hè?' zei Senna meelevend.

'Het is klote,' mompelde Iris.

'Weet je wat? De kermis is vandaag begonnen. Zullen we erheen gaan?'

Iris boende met het T-shirt haar gezicht droog en ondertussen haalde ze met veel lawaai haar neus op.

'Moet ik wel eerst even de schade herstellen,' antwoordde ze, 'ik zie er natuurlijk niet uit zo.'

Een kwartier later fietsten ze naar het centrum. Van verre hoorden ze al hoe de microfoonstemmen de muziek probeerden te overschreeuwen. Ze maakten hun fietsen met een ketting vast aan een paal en Senna stelde voor: 'Eerst naar de Grote Markt?'

Het was druk. Gearmd worstelden ze zich tussen de menigte door. Voor alle attracties stonden rijen mensen. Ze bleven een tijdje kijken naar de botsauto's voor ze in de rij gingen staan. Senna trakteerde op een wijnzuurstok en likkend aan de rode stokken wachtten ze op hun beurt bij de Breakdance no 1. Daarna liepen ze door de New York New York en natuurlijk gingen ze in de achtbaan. Ook deden ze een paar gokspelletjes. Senna won een roze konijn, dat ze apetrots onder haar arm hield terwijl ze verderliepen. Zo langzamerhand raakte Iris het ellendige gevoel in haar lijf wat kwijt en kon ze genieten van de kermis. Het leek eerst zo onwerkelijk, zo absurd dat dat nog bestond: muziek en lachen en plezier hebben. De wereld ging gewoon door.

'Even mijn geld tellen, hoor,' hijgde Senna, 'mijn portemonnee is bijna leeg.' Ze keek erin en constateerde: 'Nog net genoeg voor twee suikerspinnen. Jij ook een?'

Senna bestelde en Iris keek toe hoe de roze suikerspin door de ronddraaiende beweging groter en groter werd. Het schoot door haar heen dat haar geld voor deze maand al op was. Ze hapte in de zoetigheid, voelde haar mond kleverig worden en hoorde Senna, die met de suikerjongen een praatje was begonnen, hard lachen. Haar ogen gleden over de mensenmassa. Er liepen zo veel mensen hier. Die mensen daar moesten beslist al overgrootopa en -oma zijn en dan nog naar de kermis! Tjonge, daar tekende zij voor! En die jongens, dat was toch al achterhaald zoals zij hun haar hadden. Er waren veel kinderen, ook hele kleine...

Iris greep Senna's arm. Plotseling was het akelige gevoel terug in haar buik, alsof haar binnenste werd fijngeknepen. Verderop stond Leonie achter de wandelwagen van de tweeling. Mila en Milan keken met grote ogen naar het draaiende reuzenrad. Ze hadden zeker net een ijsje gehad, want hun gezichten en jasjes zaten vol witte vlekken.

Leonie... O my god, Leonie...

Waarom bestond zij niet meer voor haar moeder? Was ze dan zo onmogelijk? Oké, ze had zich niet altijd even aardig gedragen tegenover Gijs en de tweeling, maar dat was toch nog geen reden om... om... om je eigen dochter te laten vallen als een baksteen?!

Ineens zag Iris zichzelf weer tegenover Jeanette staan, nog niet eens zo lang geleden. Ze was pislink. 'Ik doe het niet, ik wil het niet. Als ze mij niet meer wil hebben, ga ik niet naar haar toe. Ook niet voor even. Leonie heeft twee nieuwe kinderen en IK GA NIET!'

En daar stond Leonie. Ze had haar al die tijd niet gezien.

'Ze is en blijft je moeder, die hou je voor je leven,' hoorde ze Jeanette weer zeggen.

Leonie... Die wás geen moeder voor haar. Niet meer.

'Wat is er?' vroeg Senna.

'Daar!' wees Iris. 'Leonie met de tweelingwagen.' Ze beet op haar onderlip. Heel duidelijk voelde ze én pijn én boosheid én ze was ook nog jaloers. Dat je zo veel tegelijk kon voelen…

'Weet je…' begon Senna aarzelend, 'dat heb ik je nog niet verteld, maar ik kom haar regelmatig tegen op straat, als ze wandelt met Mila en Milan.'

Het verbaasde Iris niet wat Senna zei, ze woonde immers vlak bij Leonie en Gijs.

'Eerst deed ze altijd of ze me niet zag, maar laatst sprak ze me aan en vroeg ze hoe het met je ging.'

'Echt waar?' vroeg Iris ongelovig.

'Ja, ik wist niet goed wat ik moest zeggen.'

Iris staarde naar Leonie, de suikerspin nog in haar hand. Toen Leonie doorliep, keek ze Senna aan.

'Wat heb je gezegd?'

'Nou, gewoon, dat het goed met je ging. Toen begon ze me uit te horen hoe je daar zat en zo, bij Erica en Herbert, en toen heb ik maar gauw gezegd dat ik weg moest.'

'O, shit, Sen, het is al zes uur geweest!' riep Iris ineens uit. 'Ik moet naar huis. We eten om half zes… Kut, ik ben hartstikke te laat.'

Snel liepen ze naar hun fietsen en Iris racete naar haar nieuwe huis. Toen ze bijna thuis was, draaide ze het ventiel van haar achterband los en liep het laatste stukje met haar fiets aan de hand.

Wubbe, Ilona en Junior waren de tafel aan het afruimen.

'Sorry, hoor, dat ik te laat ben,' zei Iris, 'ik ben met een vriendin de stad in geweest en ik kreeg een lekke band. Ik heb zowat het hele stuk gelopen.'

'We hebben wat eten voor je bewaard, Iris, daar staat het,' zei Wubbe. 'Je moet het zelf even opwarmen.'

Iris ging aan tafel zitten en werkte met weinig smaak haar

eten naar binnen. Toen Ilona klaar was met opruimen, kwam ze bij Iris zitten.

'Naar de kermis geweest?' vroeg ze. 'Leuk? Waar ben je in geweest?'

Stug beantwoordde Iris haar vragen.

Wubbe maakte het gasstel schoon en vroeg: 'Zal ik die band voor je plakken of kun je dat zelf?'

'Nee, dat doe ik zelf wel,' antwoordde Iris snel. Ze waste haar bord en bestek af en ging voor de tv zitten, omdat ze niet langer met Ilona wilde praten. Tosca en Junior keken naar een of andere stomme quiz. Lusteloos bladerde Iris in de tv-gids.

Toen de quiz afgelopen was, schakelde ze over naar een ander net. Onmiddellijk kwam er luid protest van Tosca, die haar favoriete soapserie wou zien.

'Jij hebt net gekeken, nu ben ik aan de beurt,' beet Iris haar toe. 'Ik wil graag die film zien, ik heb al een kwartier gemist.'

'Nee, stom wijf,' gilde Tosca, 'wij kijken hier altijd naar op zaterdagavond. Wubbe! Iris zet de tv op twee!'

'Ik wil die film ook wel zien, Tosca,' bracht Ilona in het midden. 'Kunnen jullie niet één keer overslaan? Het is toch altijd hetzelfde, je merkt het nauwelijks als je een keer hebt gemist.'

Daar was Tosca het natuurlijk niet mee eens, ze trok een lelijk gezicht.

Wubbe kwam de kamer binnen. 'Wat is er aan de hand?' vroeg hij.

'Iris denkt dat ze hier alleen is en zet de tv op een ander net,' klaagde Tosca. Ze trok de afstandsbediening uit Iris' handen en schakelde over op één. 'Je moet hier,' zei ze tegen Iris, 'altijd overleggen wat je wilt zien en jij was er niet met het eten en Junior en ik gaan nu hiernaar kijken! En jij,' vervolgde ze op gemene toon tegen Ilona, 'hebt er onder het eten niets van gezegd dat je naar die film wou kijken.' Ze draaide zich met een triomfantelijke blik naar de tv.

'Ja, maar toen wist ik nog niet dat Iris ook wou kijken,' verdedigde Ilona zich en tegen Iris zei ze: 'Tosca heeft eigenlijk wel gelijk, Iris. Je kunt niet zomaar de tv op een ander net zetten. We spreken altijd onder het eten af wie waarnaar gaat kijken.'

'Alles opgelost?' informeerde Wubbe.

Boos stond Iris op. 'Oké, ik ga wel weg.' In de gang sms'te ze Bart dat ze naar hém kwam.

'Waar ga je naartoe?' riep Wubbe haar achterna.

'Tv-kijken bij Bart.'

'En je hebt een lekke band?'

'Die plak ik eerst wel.'

'Als je hulp nodig hebt, hoor ik het wel. En denk erom dat je op tijd thuis bent.'

In de schuur pompte Iris haar band op. Snel fietste ze weg.

5

In de middagpauze stonden Iris en Senna schouder aan schouder in de gang van de school. Ze hadden elk een oortje in. Luuk stond tegenover hen met de iPhone in zijn handen. Hij wilde hun iets laten horen. Wiegend op de muziek keek Senna Luuk verliefd aan. Iris blikte van haar naar Luuk en van Luuk naar Senna en grinnikte. Haar vriendin was al een tijdje weg van hem, en dat was overduidelijk op haar gezicht te lezen. Als hij het nu nog niet zag...

Broersma kwam door de gang aangelopen. 'Naar de kantine, jullie! Kom op!' zei hij. Ze mochten in de pauzes nooit in de gang blijven staan.

Iris trok het oordopje uit haar oor.

'Maar meneer,' protesteerde Senna, 'in de kantine is het zo lawaaiig, daar kan ik de muziek niet horen.'

'Dan ga je maar naar buiten,' antwoordde Broersma. 'Het is mooi weer. Wegwezen hier.'

Ze gaven de oortjes terug aan Luuk en langzaam liepen ze naar de buitendeur. Broersma liep met grote passen van hen weg, waarschuwend keek hij nog een keer om. Iris knipoogde naar Senna en ging alleen door naar buiten, naar het rookplein.

'Wie heeft er sigaretten bij zich?' vroeg ze aan het clubje dat er stond.

Chiel hield haar een pakje voor en zei: 'Wat heb ik gehoord, Iris? Zit je nu in een kindertehuis?'

Iris antwoordde niet meteen. Op haar gemak stak ze de sigaret aan. Het was net of ze tegenwoordig met andere ogen bekeken werd. Ook in de klas werd ze opgenomen of ze iets bijzonders was. Iris had niet veel losgelaten over de leefgroep, want wat ging het hen allemaal aan, niets toch zeker! Van Senna wist ze dat er inmiddels allerlei praatjes over haar de ronde deden. Ze was nu ineens een moeilijk opvoedbaar kind! Ach, dat klonk wel interessant. Tegelijkertijd moest ze eerlijk toegeven dat ze jaloers was op al die mensen die gewoon thuis woonden en die ruzie konden maken met hun ouders in de wetenschap dat die toch wel van hen hielden.

Iris blies de rook uit. 'Het is geen kindertehuis,' zei ze, 'het heet een leefgroephuis en daar woon je met een stuk of zes mensen.'

'Zonder volwassenen?' vroeg Annemarie.

'Nee, er zijn groepsleiders, die zijn om de beurt een dag en een nacht bij ons.'

'Lijkt me te gek,' zei Joukje, 'niet meer bij pa en ma in huis, lekker doen waar je zin in hebt.'

Nou, dat viel tegen. Iris zat er nu ruim een week en ze lag voortdurend met de leiding overhoop. Ze wisten allemaal wat ze deed of wat ze niet deed. Ze schreven alles op in een map en dat werd keurig doorverteld als de een naar huis ging en de ander kwam. Er waren belachelijk veel regels.

Iris zoog aan haar sigaret en voelde genietend hoe de rook diep haar longen in drong. Ze had geen zin om te vertellen hoe het in werkelijkheid was. Hoe vervelend, hoe stomvervelend.

De bel ging. Get, nog twee uur. Nederlands en maatschappijleer. Ze ging mooi niet, ze had totaal geen zin. Iris liep mee naar binnen, maar in de hal ging ze naar haar kluisje om haar jas te pakken en baande zich tegen de stroom in een weg naar buiten.

Het was dinsdag, Bart was vroeg uit vanmiddag. Ze ging lekker naar hem toe. Van Senna hoorde ze wel wat voor huiswerk ze voor Nederlands hadden. Iris haalde haar fiets uit het rek. Ze checkte de tijd op haar mobiel en zag dat Bart nog helemaal niet thuis kon zijn. Ze reed op haar gemak naar zijn school en wachtte op hem, terwijl ze op haar fiets bleef zitten, één voet op de trappers, de andere op de rand van de stoep.

De laatste dagen had ze Bart vaker gezien dan mocht van de leiding. De regel was door de week één keer en in het weekend wanneer ze wilde, behalve zondagavond, zolang ze maar niet het hele weekend bij elkaar zaten. Er was in het leefgroephuis een logeerkamer, dus Bart kon ook bij haar blijven slapen. Maar al die stomme regels konden haar gestolen worden. Ze deed waar ze zin in had, ze was zestien! Als hij niet bij haar mocht komen, ging ze wel naar hem toe, of anders spraken ze in de stad af. Ze hoefde toch niet elke minuut te verantwoorden waar ze was! Als ze maar zorgde dat ze op tijd thuis was voor het eten en zei dat ze bij Senna huiswerk had gemaakt, konden ze haar niets maken. Vooral die bemoeizuchtige Wubbe niet. Die had natuurlijk weer dienst vandaag. Of was het Donalds beurt? Die kon je veel gemakkelijker wat op de mouw spelden. Iris wist het niet, het was altijd weer een verrassing als je thuiskwam, wie er was: Wubbe, Donald, Joanne of een van de anderen.

Had ze gedacht dat hier geen ouders waren? De leiding was een soort ouder. Joanne en Donald had Iris het liefst. Donald was een wat dikke, oudere man. Ze noemden hem McDonald's, omdat hij vaak patat haalde als hij moest koken. Hij was ook soepeler dan de rest. Joanne was gewoon aardig. Op een of andere manier had Iris wel ontzag voor haar.

Ongeduldig bleef Iris wachten. Toen de deur openging en de eerste leerlingen naar buiten kwamen, speurde ze naar zijn gezicht. Daar was hij.

'Bart!' Ze stak haar hand op.

Hij zei iets tegen de jongen naast hem en kwam op haar af. 'Iris, te gek! Heb je geen les meer?'

Bart zou Bart niet zijn als hij haar lesrooster niet uit zijn hoofd wist.

'Geen zin meer.'

'Spijbelen, dus,' zei hij.

Hij sloeg zijn armen om haar heen en zoende haar. Iris wankelde op haar fiets, maar Bart hield haar vast. Hij trok aan haar dreadlocks, zodat ze hem aan moest kijken.

'Zo zo, en wat zegt Wubbe daarvan?' vroeg hij op strenge toon.

Iris verstrakte. Ze trok zich los en duwde Bart van zich af. 'Niet leuk, Bart.'

'Sorry,' zei hij, terwijl hij haar opnam, 'verkeerd grapje. Ik zal het goedmaken.' Hij zoende haar.

'Mmm, lekker,' zei Iris en ze vervolgde fel: 'Wubbe kan naar de maan lopen en daar honderd jaar blijven zitten. Ik wilde je gewoon zien.'

'Wat is er?'

'Ach, baaldag.'

'Alweer?'

'Ja, gek hè, het is ook zo leuk in dat klotehuis.'

Liefkozend streelde hij met zijn vingers haar gezicht. 'Ach meisje...'

Zijn medelijden, dat haar zo vaak had geërgerd, deed haar

nu goed. Ze wilde voelen dat iemand om haar gaf. 'Zullen we ergens wat drinken?' stelde ze voor.

'Prima, ga ik eerst even mijn fiets halen.'

Iris keek hem na. Wat een kanjer! En hij was van haar... Even later was Bart terug en hand in hand fietsten ze naar hun favoriete café. Bart bestelde cappuccino. Iris gooide er drie klontjes suiker in en zei: 'Mag ik wat geld van je lenen?'

'Alweer? Ik heb je dit weekend al tien euro gegeven, weet je nog?'

'Ja, maar dat is alweer op. En m'n sigaretten ook...'

'Dan rook je maar niet,' plaagde hij.

'Doe nou niet zo stom.'

'Oké, oké, omdat jij het bent,' zei Bart. Hij legde een briefje op tafel.

'Je bent lief.' Iris zoende hem op zijn wang. Goh, wat had ze zin in een sigaret, maar er mocht hier niet gerookt worden.

'Maar waar baal je nou zo van?' vroeg Bart.

'Ach, van alles. Weer een onvoldoende voor Duits en die stomme Muiderman van geschiedenis heeft me de klas uit gestuurd, terwijl ik niks deed!'

'Echt niet?'

'Senna vroeg iets aan mij, het ging gewoon over de les. Toen moest ik eruit en Sen mocht blijven zitten. Ze moeten altijd mij hebben.'

'Terwijl jij je altijd zo netjes gedraagt in de klas!' zei Bart lachend.

'Wat weet jij daar nou van,' protesteerde Iris, 'je bent er niet eens bij.' Ze nam een slok. 'Nou, en verder moet ik morgen om acht uur op school zijn, ik was alweer te laat vanmorgen. Daar baal ik eigenlijk ook wel van.' Ze mopperde nog een tijdje door en toen ze eindelijk zweeg, vroeg Bart snel: 'Nog meer koffie?'

'Nee, een biertje.'

Toen Bart terugkwam, barstte Iris uit: 'Bart, ik háát dat leefgroephuis.'

'Maar waarom dan toch?'

'Het is zo druk met al die mensen om je heen. Je moet steeds rekening houden met iedereen. En er is steeds ruzie. En ik vind ze niet aardig en zij vinden mij niet aardig.'

'Ik begrijp het niet. Toen je er logeerde, zei je dat je ze wel aardig vond. Ilona is toch een leuke meid? En ik dacht dat je Ferry ook wel mocht.'

'Ferry gaat nog wel, maar Ilona bemoeit zich aldoor met me, heel erg irritant vind ik dat. Dat mens moet me met rust laten.'

'Ze bedoelt het goed. Dat weet je zelf ook wel. Ze vindt je gewoon aardig.'

'Geloof ik niks van. En Tosca is een takkewijf.'

'Dat valt best mee.'

'Woon jij daar of ik? Er valt haast niet met haar te leven. En die leiding zit alleen maar de hele tijd op te letten wat ik doe. De anderen kunnen hun gang gaan en mij moeten ze steeds hebben.'

Bart wilde wat zeggen, maar Iris praatte snel door: 'Nee, echt. Ik krijg overal commentaar op. Ik mag jou niet zien, ik krijg op m'n kop als ik te laat thuiskom, ik word 's avonds naar boven gestuurd alsof ik een klein kind ben en ik mag geen koekjes meer eten van Wubbe.'

Bart lachte.

'Jij vreet gelijk de hele rol op!' zei hij.

Hij sloeg troostend een arm om Iris heen. Ze kroop tegen hem aan. Lekker mopperen, een biertje drinken en Barts arm om haar heen: ze kreeg weer wat moed.

6

Veel te laat kwam Iris thuis, de rest zat aan tafel en had het eten bijna op. Wubbe begroette haar koel. 'We eten om half zes, Iris,' zei hij. 'Waar kom je vandaan?'

'Sorry, tijd vergeten,' antwoordde Iris, terwijl ze aan tafel ging zitten. 'Ik was met Senna mee, huiswerk maken.'

'Ja ja,' zei Tosca, 'in de kroeg zeker. Je ruikt het op een afstand.'

'Tosca,' snoerde Wubbe haar de mond, 'bemoei je er niet mee.'

'Ik weet er anders alles van, hoor,' zei Tosca vinnig, 'ik ruik het altijd als iemand gedronken heeft, daar heb ik een speciaal talent voor ontwikkeld. Au!' Woedend keek ze naar Stephanie, die onmiddellijk haar stoel achteruitschoof.

'Ophouden!' beval Wubbe.

'Feestje gevierd, Iris?' probeerde Ferry.

'Wat doen jullie kinderachtig,' kwam Ilona ertussen. 'Mag ik de aardappels, Junior?'

'Ik heb echt huiswerk gemaakt,' verdedigde Iris zich zwakjes.

'Iris kan goed liegen, hoor,' zei Tosca. 'Die lekke band van laatst was ook zo héél erg lek.'

'Tosca, nou is het genoeg!' barstte Wubbe uit.

'Maar dat was toch zo?' zei Tosca met een onschuldige stem.

'Laat dat nou maar aan ons over, daar hebben we jou niet bij nodig.'

'Ik mag zeggen wat ik wil en ik vind dat jullie erg veel van Iris goedvinden.' Tosca's blik werd donker. 'Ze mag veel meer dan wij!'

'Ik zei al dat je dat aan ons over moet laten. De regels zijn voor jullie allemaal hetzelfde, dat weet je best.'

'Daar merk ik anders weinig van!'

'Tosca, ophouden!' zei Wubbe.

'Nee, ik zal eens zeggen wat ik vind...'

Maar Wubbe onderbrak haar en zei: 'Dat wil ik nu niet horen. Kom straks maar naar me toe om dat te vertellen en ga nu alsjeblieft zolang boven zitten.'

Verontwaardigd stond Tosca op. Toen ze achter Iris langsliep, siste ze: 'Ik zag je wel fietsen, die lekke band was gauw geplakt, hè?'

Iris veerde overeind, ze wilde Tosca aan haar haren trekken of haar wat dan ook aandoen, maar Wubbe dwong haar met zijn blik terug op haar stoel. Zwijgend aten ze verder.

Toen het eten op was, zei Wubbe tegen Iris dat ze met hem mee moest komen naar het kantoortje. Omdat het leefgroephuis twee panden had, waren er twee woonkamers. Een ervan gebruikten ze als woonkamer, de andere was voor de eethoek en het kantoor van de groepsleiding. De muur tussen beide huizen was in de keuken doorgebroken.

Wubbe sloot de deur van het kantoortje achter zich en hij keek Iris aan. Ze voelde zich niet op haar gemak tegenover zijn zwijgende gestalte.

'Mm,' bromde hij uiteindelijk, 'we botsen nogal eens, jij en ik, vind je niet?'

Iris knikte.

'Hoe komt dat?'

'Ik weet het niet,' mompelde Iris.

'Hoe bevalt het je hier?' vroeg Wubbe.

'Matig.'

'Hoezo matig?'

'Ach, gaat wel.'

'Gaat niet, bedoel je.'

'Ach...'

'Mm... Zeg eens, waarvan baal je het meest?'

'Nou, al die regels en die drukte.'

'Overal waar mensen bij elkaar wonen, zijn regels, Iris. Thuis moest je je toch ook aan bepaalde regels houden?'

Iris zweeg.

'Hoe lang ben je nou hier? Een dag of tien? Ga voor jezelf eens na hoe vaak je bepaalde huisregels hebt overtreden.' Wubbe keek haar afwachtend aan, maar Iris reageerde niet. Hij telde op de vingers van zijn linkerhand. 'Een: je komt te laat thuis voor het eten, twee: je onttrekt je aan je opruimbeurt, drie: je gaat te laat naar bed, vier: je ziet Bart vaker dan de afspraak is, vijf: je kamer is een gigantische puinhoop... en zo kan ik nog wel even doorgaan,' zei Wubbe, zijn rechterhand met gespreide vingers ophoudend.

Iris zei niets.

'Je moet ons zien als een groot gezin,' vervolgde Wubbe. 'In elk gezin wordt op een bepaalde tijd gegeten. Daar zijn wij niet anders in. En dat je op tijd naar je kamer moet, lijkt me ook niet meer dan normaal. Iedereen heeft zijn slaap nodig.'

'Ja, maar,' protesteerde Iris, 'ik krijg steeds op m'n kop en de rest niet. Jullie letten met z'n allen voortdurend op mij.'

'Je hebt net gehoord dat Tosca er anders over denkt. Jullie denken allemaal dat er meer op jou gelet wordt dan op de anderen. Dat is natuurlijk niet zo.'

'Daar geloof ik niks van!'

'Toch is het zo. Je moet gewoon nog wennen aan het feit dat jullie hier met z'n zessen wonen, denk je niet?'

'Dat went volgens mij nooit, ik vind het veel te druk.'

'Nee, het is niet de drukte. Je moet eraan wennen dat je rekening met elkaar moet houden. Maar vertel eens wat je wél leuk vindt hier.'

'Niks.'

'Niks? Dat geloof ik niet. Denk er maar eens over na,' zei Wubbe. 'Van de anderen hoor ik behalve negatieve dingen ook wel dat ze het gezellig vinden in zo'n groep. Natuurlijk wordt er ruziegemaakt, maar er wordt ook heel wat afgelachen hier. En Iris, of je wilt of niet, je moet het toch met elkaar doen. Een positieve instelling zou geen kwaad kunnen. Doe eens... Nee, laat ik het zo zeggen: doe wat minder kattig.' Wubbe zweeg een moment voor hij doorging, maar Iris voelde niet de minste behoefte haar mond open te doen. 'Je kunt zo niet doorgaan, dat is duidelijk. Alleen als je je beter aanpast, mag je Bart komend weekend zien. En kom deze week gewoon thuis huiswerk maken, we vinden het heel belangrijk dat je wat meer omgaat met de mensen hier.'

Iris krabde aan een restje nagellak.

'En luister eens, Iris, ik kreeg een telefoontje van je mentor. Je was de laatste twee uur niet op school. Waar je wél hebt gezeten, hoef je me nu niet te vertellen, maar ik zou in het vervolg wel graag willen dat je de waarheid spreekt. En uiteraard ga je gewoon alles lesuren naar school! Je ziet, het wordt direct doorgegeven. En of die band van je wel of niet lek was, laat ik nu even in het midden, maar in het vervolg geen leugens alsjeblieft.'

'Ik had echt een lekke band!'

'Daar ga ik nu niet over discussiëren. Ik wil alleen dat je de waarheid vertelt.'

Iris stond op. 'Mag ik naar boven?' Ze was kwaad. Die Wubbe begreep er niets van.

Ze was ongelukkig, ze was verdrietig, ze voelde zich nog helemaal niet thuis hier. Natuurlijk moest ze nog wennen. Snapte hij dan niet dat ze zich vreselijk onzeker voelde? Verdomme, ze kon toch niet zomaar op bevel aardig doen? Alsof je dat hup - knoppie omdraaien - ineens kon. In plaats van een beetje begrip te tonen, ging hij haar de les zitten lezen! Wat een klootzak!

Op haar kamer liet Iris zich in de zwarte stoel vallen en kneep haar ogen stijf dicht. Shit, alweer hoofdpijn.

Er werd geklopt. De deur ging open. Ilona. Heb je dat mens weer.

'Iris, je hebt vorige week een tientje van me geleend. Kan ik dat terugkrijgen?'

Iris kwam overeind. 'Nee, ik heb het niet. Bart kon me niks lenen, hij had pech met zijn fiets en die moest gerepareerd. Volgende maand heb ik weer geld, als we zakgeld krijgen, oké?'

'O, nou ja, dat is wel goed. Wat zei Wubbe?'

Lieten ze je hier dan nooit met rust? Expres heel kattig zei Iris: 'Niks bijzonders, iets over tafelmanieren. En nu moet ik huiswerk maken.'

Ilona ging weg zonder dat ze nog iets zei. Iris deed haar schooltas open. 'Shit!' zei ze hardop. Ze deed haar tas weer dicht en schoof hem onder het bureau. Ze opende de speellijst op haar laptop, draaide de volumeknop van de boxjes helemaal open en ging op haar bed liggen met haar handen over haar bonkende voorhoofd.

'Goed shit,' zei ze nogmaals. Ze luisterde naar de muziek en opeens speet het haar dat ze zo bot geweest was tegen Ilona. Was praten met Ilona niet beter geweest dan dit noordpoolgevoel... Zij zou haar misschien wel begrijpen. Alhoewel... Ilona had geen ouders meer, dat was toch anders. Thuis. Leonie. Mila en Milan. Iris zag de kermis weer voor zich, de wandelwagen met de tweeling en Leonie erachter. Thuis. Zij had geen thuis meer. Ze was overbodig, ze was een ongewenst kind. Vroeger al en nu helemaal. Die rottweeling, die had alles verpest. Nee, Gijs had dat gedaan, die indringer, met hem was het begonnen. Daarvoor hadden Leonie en zij het beter gehad samen, ook al was zij een ongelukje, zoals Leonie dat ooit had genoemd.

Leonie was twintig toen Iris werd geboren. Haar moeder was een tienermoeder. Zij wilde helemaal niet zwanger zijn, had Leonie haar later verteld. Niet op dat moment. Ooit, misschien. Zij en Iris' vader vonden zichzelf veel te jong en ze hadden nog zo veel plannen. Haar vader ging dat later ook allemaal doen. In zijn leven paste geen kind. Ze gingen scheiden toen Iris één was en hij verdween.

Leonie had Iris vaak verteld hoe zwaar die eerste jaren waren. Ze liet daarbij niet na Iris voor te houden dat zij de oorzaak was van haar moeders verloren vrijheid, haar misgelopen carrière, het geldgebrek en het stukgelopen huwelijk. Al zo lang Iris zich kon herinneren, had Leonie de pest in. Geïrriteerd omdat Iris iets niet kon, geïrriteerd omdat ze te traag was, geïrriteerd omdat ze niet luisterde, geïrriteerd omdat ze bestond. En zo lang ze zich kon herinneren, voelde Iris zich... Ja, schuldig. Omdat ze bestond.

Maar ze had ook goede herinneringen aan Leonie. Ze zag haar nu duidelijk voor zich. Haar moeder stond voor de spiegel en maakte zich op, omdat ze samen naar de film gingen. Leonie was een en al vrolijkheid, maakte grapjes en wist Iris dan altijd aan het lachen te krijgen. Ook herinnerde Iris zich - maar toen was ze al wat ouder - dat ze eindeloze gesprekken konden voeren, aan tafel na het eten bijvoorbeeld, of als ze uit school kwam en Leonie op haar wachtte. Waarover ze praatten wist ze niet meer, maar het trotse gevoel dat ze vriendinnen waren en dat Leonie haar grote-mensen-zaken toevertrouwde, wist ze zich nog wel te herinneren.

Leonie wachtte haar niet altijd op na school. Heel vaak was ze er niet. Of ze was er wel, maar dan was ze zo chagrijnig dat je haar maar beter uit de weg kon gaan. Dat was het moeilijke: Iris wist nooit waar ze aan toe was met Leonie. Hoe ze ook haar best deed om het Leonie naar de zin te maken, ze wist nooit of ze daarin slaagde en altijd hield ze het gevoel dat ze tekortschoot. Toch waren de laatste jaren voordat Gijs bij hen introk de beste geweest, in ieder geval een stuk beter dan de tijd met Gijs erbij.

Gijs was een week na Iris' veertiende verjaardag bij hen komen wonen. Leonie kende hem toen pas een paar maanden. Ook al was het leven met Leonie niet altijd even gemakkelijk, Gijs was een indringer, iemand die Leonie van haar afpakte. In het begin had Gijs zijn best gedaan goede maatjes met Iris te worden. Nou, zij had haar best gedaan hem het leven zo onaangenaam mogelijk te maken zodat hij maar snel weer zou ophoepelen, en algauw waren ze openlijke vijanden. Leonie was daar heel boos om geworden. Jammer dan - zíj had niet voor Gijs gekozen, dat had Leonie gedaan.

En toen werd Leonie weer zwanger. Nu had ze bewust gekozen voor een kind, vertelde ze, een kind van haar en

Gijs samen, een zusje of een broertje voor Iris. Ze was tenslotte al zo lang enig kind.

Belachelijk vond Iris het. Haar moeder zwanger, een baby in huis! Nee, twéé baby's in huis, want algauw bleek dat Leonie een tweeling verwachtte. Het werd dus nog erger dan ze gedacht had. Niemand van haar leeftijd kreeg nog een broertje of een zusje, die had je al of die had je niet. Daar zat ze echt niet op te wachten. En al helemaal niet op twee van die ukken. Ze snapte er niets van: ging Leonie nu vrijwillig doen waar ze jarenlang op gemopperd had? Stom! Superstom! Leonie met een dikke buik, om je rot te schamen. En Gijs... Die ging er natuurlijk juist níét vandoor als die keutels geboren waren.

Naarmate Leonies buik dikker werd, werd Iris meer en meer aan haar lot overgelaten. Zowel Leonie als Gijs waren druk bezig met zwanger zijn en baby's krijgen.

Leonie had in totaal drie weken in het ziekenhuis gelegen toen de tweeling geboren moest worden. Het was allemaal langs Iris heen gegaan. Ze herinnerde zich nog heel goed het gevoel van hier-hoor-ik-niet-bij. Het was net of Leonie en Gijs haar een beetje vergaten.

De baby's waren lelijk en ze huilden aan één stuk door, het huis stonk naar poep en Leonie was dag en nacht bezig met de fles geven, schone luiers omdoen, boertjes laten en eindeloos heen en weer lopen om ze te troosten en ze in slaap te wiegen. En dat vond ze nog leuk ook.

Iris vond het niet leuk. Ze was boos en zocht voortdurend ruzie...

Ze was nog steeds boos. Met haar handen drukte Iris stevig tegen haar voorhoofd. Het gebonk werd alleen maar erger. Ze stond op en draaide de kraan van de wastafel open om het koude water over haar verhitte hoofd te spoelen.

'Kan die muziek wat zachter?' Junior stond ineens midden in de kamer.

Iris had hem niet binnen horen komen en schrok zich rot.

'Ik kan zo geen huiswerk maken,' vervolgde Junior en hij wreef met zijn vingertop over het rondje aan de onderkant van het toetsenbord van Iris' laptop, op zoek naar de volumeknop.

Iris had de nodige scheldwoorden al op haar tong, want hij moest met zijn poten van haar laptop afblijven, maar het druipende water hield haar op haar plaats. Daarom knikte ze maar en toen Junior weg was, draaide ze zich om naar haar spiegelbeeld. Ze klemde haar kaken op elkaar en hoorde zichzelf een sissend geluid maken. O, wat was ze kwaad! Kwaad op Leonie, op de baby's, op Gijs, op Wubbe, op Junior, op Ilona, op alles en iedereen. Maar vooral op Leonie!

Ze zag in de spiegel hoe de waterdruppels over haar gezicht gleden. Waterdruppels? Tranen!

Ze voelde de jaloezie weer opkomen. Leonie had gekozen voor Gijs en voor Mila en Milan, en voor haar was geen plaats meer.

Ze is en blijft je moeder, die hou je voor je leven. Ineens hoorde Iris dat zinnetje van Jeanette. Ze droogde haar dreadlocks en haar gezicht. Dan maar de oortjes in. Ze ging op bed liggen.

Ze miste Leonie.

Jezus mina, ze leek niet goed wijs. Ze was boos en ze was... Toch was het zo: ze miste haar. Ze miste haar moeder verschrikkelijk.

7

Iris fietste de route die ze vroeger altijd nam van school naar huis. Zonder Senna, want die had nog een uur les. Ze had haar vriendin ingelicht over haar voornemen en Sen had haar moed ingesproken. Dat was wel nodig, want bijna had ze ervan afgezien. Overdag leek alles anders dan 's avonds. De hele dag had ze tijdens de les zitten dubben of ze nou wel of niet... Ze wilde wel, maar durfde niet. Senna vond het een dapper plan. Iris dacht aan al die middagen dat ze hier had gereden op weg naar huis, waar Leonie, druk bezig met de verzorging van de baby's, nauwelijks zou merken dat ze thuiskwam. Alleen op het moment dat ze Iris om een boodschap stuurde, leek Leonie zich bewust van haar aanwezigheid.

Iris naderde de oude stadswijk waar haar moeder woonde. Smalle straten, die elkaar loodrecht sneden, met aan weerszijden portiekflats, afgewisseld met blokken lage woningen van rode baksteen. Deze huizen hadden bijna allemaal verwaarloosde voortuintjes. Voor de flat van Leonie zaten wat mannen een biertje te drinken. Kinderen fietsten luid gillend de straat op en neer. Een groepje meisjes van een jaar of acht was aan het touwtje springen. Dat had Iris ook ooit gedaan, met Senna en een paar buurmeisjes.

Er stonden weinig bomen in de straat, aan een ervan maakte Iris haar fiets vast. Ze keek niet op, bang dat ze herkend zou worden. Ze wierp een blik op de naambordjes van de brievenbussen aan de ingang van de portiek. Nummer 63. Bakker. Ze vond het nog steeds belachelijk klinken dat Leonie nu Leonie Bakker heette en niet meer Leonie Mellema. De bel naast het naamplaatje gebruikte ze niet, ze had haar huissleutel nog. Terwijl ze de trappen beklom naar driehoog, viste ze haar sleutel op uit haar rugzak. Ze aarzelde voor ze hem in het slot stak. Ze kon nog terug. Door de dichte deur heen hoorde ze Leonies stem: 'Milan! Niet doen! Niet afpakken, dat mag niet!' Ze was dus thuis. Stiekem had Iris gehoopt dat ze er niet zou zijn, dan kon ze weer weggaan.

Resoluut draaide Iris de sleutel om. Ze opende de deur en keek de gang in. Daar lag speelgoed: een bal, knuffelbeesten, auto's, een trein, een ton met blokken waarvan de inhoud er grotendeels naast lag. Mila zat op een loopfietsje, Milan stond achter haar en trok aan de arm van zijn gillende zusje.

Met een wee gevoel in haar maag bleef Iris staan. Ja, zo ging dat vaak: zodra je binnenkwam, struikelde je over speelgoed en krijsende kinderen. Iris voelde de neiging in zich opkomen om weg te rennen, maar Leonie kwam al op het kabaal af.

'Milan! Wat heb ik nou geze...' Leonie brak haar zin af en staarde Iris ongelovig aan. 'Iris!' riep ze uit. Het klonk geschrokken en blij tegelijk.

Mila hield op met gillen en keek op. Haar broertje maakte handig gebruik van dat moment, duwde zijn zusje van het fietsje en reed triomfantelijk weg. Leonie aarzelde even, stapte op Iris af, zoende haar snel op haar wang en liep Milan achterna. Ze trok hem van de fiets en tilde hem op.

'Zo, jij was hier niet mee aan het spelen, je mag die fiets niet afpakken,' zei ze op boze toon. Daarna wendde ze zich weer tot Iris. 'Goh, jij hier, wat leuk...' Maar het klonk wat weifelend, alsof ze dat niet zeker wist, al maakte ze een uitnodigend gebaar in de richting van de huiskamer.

Wat gek, flitste het door Iris heen, een moeder nodigt haar dochter uit om de kamer binnen te komen. Ze beet op haar nagel. Ze kon ook omkeren en weggaan...

Leonie liep als eerste de kamer in. Mila ging onmiddellijk haar moeder achterna en Iris volgde toch maar, terwijl ze voorzichtig over het speelgoed stapte. Milan werd voor het raam op de grond gezet bij een stapel grote gekleurde blokken. Leonie zei tegen hem: 'Zo, en nu even zelf spelen, hè?'

Met een maaiende armbeweging werd de toren omgegooid. 'Keer! Keer!' zei het mormel lachend.

'Straks,' antwoordde zijn moeder, 'straks gaan we nog een toren bouwen, ik wil eerst even met Iris praten. Die hebben we zo lang niet gezien.' En tegen Iris zei ze: 'Zo, daar ben je dan. Wat vind ik het fijn dat je bent gekomen.' Dat klonk toch wel alsof ze het meende. Ondertussen streek ze liefkozend over het donkere haar van Milan. Haar andere hand legde ze om Mila's middel.

'Ga zitten. Ik zal wat te drinken halen. Even kijken of ik nog wat cola heb staan, dat drink je toch zo graag?' Mila liep met haar mee de keuken in.

Iris liet zich op de bank zakken. Had ze nou echt verwacht dat Leonie haar onmiddellijk schuldbewust in haar armen zou sluiten? Nee toch zeker? Dat kon niet, dat was te mooi om waar te zijn. Alleen maar een snelle zoen, en Milan en Mila kregen wel een echte knuffel!

Niet doen, Iris, sprak ze zichzelf toe, *niet direct met die kift beginnen.* Leonie had echt blij geleken en dat van die cola was heel lief van haar.

De kamer was niet veranderd, hooguit voller geworden met nog meer speelgoed dan de tweeling al had. Overal lag wat. Zo veel speelgoed had zij in haar hele leven niet gehad. Verder was alles hetzelfde gebleven: die vreselijke bank, het wandmeubel met de tv erin, de stoel van Gijs, de staande lamp en de enorme hoeveelheid prullen in de vensterbank. Op de tafel in de achterkamer stond de naaimachine. Rode stof met beertjes lag ernaast.

Milan kwam bij Iris staan met een autootje in zijn hand. 'Ooto, ooto!' zei hij.

'Ja, mooi hoor, auto,' mompelde Iris. Ze voelde zich niet op haar gemak. Ze keek hoe Milan met het autootje over de armleuning van de bank reed. 'Brmm, brmm,' deed hij. Hij zag er heel anders uit dan toen ze hem voor het laatst gezien had.

Leonie kwam terug en gaf Iris een glas cola, terwijl ze glim-lachte. Aan de kinderen gaf ze een flesje limonade. Toen bleef ze, duidelijk ook onzeker, midden in de kamer staan.

'Ik had je niet verwacht.'

Toen Iris niet antwoordde, vervolgde ze een beetje onge-duldig: 'Nou, zeg eens wat?'

Iris moest haar keel schrapen voor ze iets kon zeggen. Ze kreeg de kans niet, want Leonie zei er direct overheen: 'Ik ben blij dat ik je zie.'

Iris wist niet wat ze moest zeggen. Wat was dit moeilijk! Ze nam een slok van haar cola.

Leonie verplaatste volkomen onnodig een paar stukken speelgoed. Mila legde haar armpjes om haar been en werd opgetild.

'Zijn ze niet groot geworden? En ze lopen al!' Leonie ging met het meisje op schoot tegenover Iris zitten.

'Ja, ze zijn heel groot geworden,' antwoordde Iris.

'Hoe is het op school?' vroeg Leonie. Hè hè, de eerste zinvolle vraag. Maar wat moest ze eigenlijk vertellen?

'Goed.'

Er viel een stilte.

'Ik bedoel, ik heb wel wat onvoldoendes, maar die kan ik nog wel ophalen.'

'Voor welke vakken?' informeerde Leonie.

Iris vertelde voor welke vakken ze onvoldoende stond en praatte zomaar wat over school. Leonie luisterde maar half, want ze werd steeds afgeleid door Mila die met haar handje naar haar kin greep om haar moeders aandacht te trekken.

Toen viel er weer een stilte.

Leonie begon een verhaal over de tweeling op de crèche en terwijl ze de ring om haar vinger aldoor rond draaide, bekeek Iris haar moeder met haar zusje op schoot. Milan was inmiddels weer bij Iris komen staan en reed nu met de auto over de zitting van de bank én over haar been. Voorzichtig duwde ze hem opzij. 'Ga maar even ergens anders spelen!'

'Iris,' zei Leonie, 'laat hem toch.'

'Ik mocht vroeger nooit op de bank spelen,' zei Iris. Zie je wel dat de tweeling werd voorgetrokken?

'Ja, maar toen was alles anders.' Weer die geïrriteerde toon. Leonie sloeg troostend een arm om Milan heen en begon aan een nieuw verhaal, steeds onderbroken door onverstaanbare klanken van de tweeling. 'Ja lieverd, ja hoor schat,' reageerde ze steeds en tegen Iris zei ze: 'Wat praten ze al duidelijk, vind je niet?'

'Ik versta er anders niks van,' zei Iris.

'Hè, doe niet zo onaardig,' zei Leonie gekwetst.

Iris zuchtte. Het was inderdaad niet aardig van haar. 'Sorry,' zei ze snel.

'Oké, oké,' zei Leonie sussend. 'Maar vertel eens, hoe is het in het leefgroephuis? Heb je een leuke kamer?'

Iris beschreef haar kamer en vertelde over Ilona en de anderen. Het was opvallend hoe vaak Leonies blik afdwaalde naar een van de kleintjes.

'Je draagt nog altijd die zwarte kleren, zie ik,' zei ze, toen Iris uitverteld was.

Wat was dat nou weer voor een stomme opmerking? Geërgerd haalde Iris haar schouders op. 'Dat moet ik toch zelf weten?'

'Ja, ja, natuurlijk,' zei Leonie, maar Iris kon aan haar zien dat ze dat niet meende.

Leonie zette Mila op de grond en zei: 'Kom, ik zal nog wat cola voor je halen. Wil je er misschien iets bij?'

Nu ging Mila niet met haar moeder mee, maar kroop bij Iris op schoot en legde haar armpjes om Iris' nek. Even verstijfde die, maar toen ze haar stemmetje 'Isis, Isis' hoorde zeggen, ontspande ze zich. Milan kroop ook bij hen op de bank en even speelde Iris met ze: ze bewoog haar kriebelende vingers over hun armpjes naar hun nek, waarop de tweeling giechelend in elkaar dook.

Toen ze Leonie hoorde aankomen, zette Iris beiden plotseling ruw op de grond. 'Ga toch weg!' zei ze tegen hen, waarop Mila begon te huilen.

'Verdorie Iris,' viel Leonie onmiddellijk uit. 'Jij bent ook niet erg veranderd. Kun je nou niet voor één keer aardig zijn tegen je broertje en zusje!' Leonie zette de cola en de koektrommel weg en tilde Mila op.

'Halfbroertje en -zusje,' verbeterde Iris haar.

'Denk maar niet dat wij je hier missen,' zei Leonie geprikkeld. 'Het is hier wel zo rustig geworden sinds jij weg bent.'

Milan, zeker geschrokken van zijn moeders harde stem, zette nu ook een keel op.

Zie je wel... zie je wel...! Leonie hoefde haar niet. Ze had maar gezegd dat ze blij was dat ze haar weer zag, dat kon ze nooit menen, anders deed ze niet zo.

Iris slikte een paar lelijke woorden in en stond op. 'Ik wil nog even naar m'n kamer.'

'Dat is nu de logeerkamer,' zei Leonie, in elke arm een kind wiegend.

Ook dat nog! Nijdig liep Iris de kamer uit, ze schopte tegen het omgevallen fietsje en deed de deur open van wat eens haar kamer was. Hok, kon je beter zeggen, het was de kleinste kamer van de flat. Toen de tweeling werd geboren, had zij haar oude kamer moeten afstaan, omdat die veel groter was. Wat was ze daar woedend om geweest!

De kamer leek in niets meer op haar oude kamer, alle spullen die ze had achtergelaten, waren opgeborgen. Alleen het dekbed was nog hetzelfde. De posters waren van de muur gehaald, je kon precies zien waar ze hadden gehangen. Wat deed ze hier eigenlijk? Het was duidelijk dat Leonie niet veranderd was. Iris keek nog eens rond. Ze had haar fotoboek mee willen nemen, maar dat wilde ze al niet meer.

Het kon haar allemaal gestolen worden.

Wegwezen hier! Terug in de kamer zag ze dat Leonie nog steeds op de bank zat, met op elke knie een kind. Ze keek ongemakkelijk naar Iris, alsof ze zich niet goed raad wist met de situatie.

'Ik ga,' zei Iris.

'Nu al? Maar Iris, wacht... we hebben nog helemaal niet...'
Iris wachtte de rest van haar woorden niet af, ze pakte haar
jas en met een harde knal gooide ze de deur achter zich dicht.
Met grote passen holde ze de trappen af. Dit had ze nooit
moeten doen, dit was helemaal fokking fout. Leonie had alleen maar bevestigd dat ze overbodig was.

Door haar tranen heen zag ze nauwelijks waar ze haar fiets-
sleuteltje in het slot moest steken. Driftig morrelde ze aan de
ketting. O, als dat kutkloteding nou maar open wou. Eindelijk had ze de ketting los. Ze gooide hem om het stuur en
fietste snel weg.

Ze manoeuvreerde gevaarlijk door het verkeer heen, reed
door alle rode verkeerslichten en stak haar middelvinger omhoog toen een auto luid toeterde. Hij kreeg de scheldwoorden naar zijn hoofd geslingerd die voor Leonie bestemd waren. Dat luchtte op!

Nog nooit had Iris de afstand naar het leefgroephuis zo snel
afgelegd. Zwetend kwam ze thuis. Ze smeet haar fiets in de
schuur. Drie andere fietsen vielen om, maar ze liet ze liggen.
In de keuken botste ze bijna tegen iemand op, en ze liep snel
door naar haar kamer.

Huilend liet ze zich op het bed vallen. Toen hoorde ze iemand vragen: 'Iris? Wat is er gebeurd?' De stem van Ilona.

Met Ilona's arm om zich heen huilde ze uit.

'M'n moeder,' zei Iris uiteindelijk met schorre stem, 'ze
moet me niet, ze wil me niet.'

Iris vertelde van het mislukte bezoek. 'Sinds de tweeling is
geboren, besta ik niet meer voor haar. Ik ben alleen maar een
stoorzender die haar ruzie en hoofdpijn bezorgt. Ze was volgens mij hartstikke opgelucht toen ik opgerot was. Ze houdt
niet van mij, alleen maar van die andere kinderen van haar.'

'En je vader dan?'

'Gijs is mijn stiefvader. Hij is pas twee jaar geleden bij ons komen wonen.'

'En je echte vader?'

'Die is ervandoor gegaan toen ik een peuter was. Ik kan me hem niet eens herinneren. Hij woont nu ergens weet ik veel waar, waar hij hertrouwd is en ook alweer gescheiden. Ik weet verder niets van hem. Mijn moeder heeft ook geen contact meer met hem.'

'Goh, wat een raar idee.'

Iris haalde haar schouders op. 'Ik weet niet beter. Het kan me ook niet schelen. Hij heeft ons in de steek gelaten en ik hoef verder geen contact met hem. Maar mijn moeder...'

'Zal ik wat water voor je halen?' bood Ilona aan.

'Graag.'

Nu wist Ilona dingen die maar weinig mensen van haar wisten. Alleen Bart en Senna kenden haar problemen. Ze praatte er niet graag over met anderen. Het verbaasde haar ook dat Ilona belangstelling had voor haar verhaal. Die had toch ook haar eigen problemen? Had ze daar niet genoeg aan?

Ze was Ilona dankbaar voor het glaasje water en de troost, maar Iris was blij toen ze weer alleen was. Ze deed haar oortjes in en met Pink lekker hard kroop ze op haar bed. Dat was het enige wat ze wilde. Weg van hier, weg van alles, alleen maar Pink.

8

Het was zaterdagmiddag. Iris mocht niet weg, nu niet en vanavond niet. Bart mocht ook niet komen. Ze had toch weer regels overtreden. Maar haar kamer opruimen en op tijd naar bed gaan waren nou eenmaal onmogelijke opgaven voor haar. Hoefde bij Leonie ook niet, dat was ze niet gewend, waarom hier dan wel? Who the fuck had er nou last van de troep op haar kamer?!

Maar het was vooral omdat ze 'zich negatief gedroeg', zoals Wubbe dat had geformuleerd. Ze liep de afgelopen dagen rond met het gezicht van een oorwurm, liep iedereen af te katten en had steeds ruzie lopen maken. Met allemaal, maar vooral met Tosca. Was dat zo gek dan? Ze voelde zich klote. Ze moest haar woede toch ergens op afreageren? En Tosca vroeg erom, die vond het zelf ook lekker om iemand in de haren te zitten. Maar zij kreeg straf! Dat ze van de week bij Leonie was geweest na schooltijd en niet, zoals Wubbe haar bevolen had, direct naar huis was gekomen, had daar niets mee te maken. Ze had Wubbe verteld over haar bezoek aan Leonie. En gistermiddag had ze Jeanette, de maatschappelijk werkster met wie Iris nog regelmatig praatte, het hele verhaal uitvoerig verteld. Jeanette had haar een envelop gegeven. Afzender: Leonie. Daar had Iris vreemd van opgekeken. Ze had hem pas thuis opengemaakt.

Iris kwam van haar bed af en pakte de opengescheurde envelop van haar bureau. Ze haalde de kaart eruit en draaide hem om. De achterkant was helemaal volgeschreven in Leonies ronde handschrift.

'Lieve Iris,' las Iris voor de zoveelste keer, 'je zult wel verbaasd zijn over dit kaartje, maar ik wilde je graag laten weten dat ik heus blij was dat je kwam. Ik had je alleen niet verwacht, je overviel me een beetje. Het spijt me als ik onaardige dingen heb gezegd, ik wilde het graag goed doen. Want ik vind het echt erg hoe het allemaal gelopen is met ons. Heus, ik mis je, je bent tenslotte m'n dochter. Ik hoop dat je binnenkort nog eens wilt komen, dan doen we het gewoon over, dan kun je de tweeling ook weer zien. Het zou jammer zijn als jullie elkaar niet meer zagen. Ze hebben het steeds over jou. Veel liefs, Leonie.'

Verdomme, om wie ging het nou? Om haar of om de tweeling? Zie je wel, alweer werd de tweeling op de eerste plaats gezet! Wat een kutmoeder!

Iris las het kaartje nog eens. Die eerste woorden geloofde ze niet, die opmerking over de tweeling had alles verpest. Als ze het zo graag goed wilde doen, moest ze het wel anders aanpakken! Ze stopte het kaartje weer in de envelop en gooide die onder het bed. Waar waren haar sigaretten? Ze mocht niet op haar kamer roken, maar daar had ze schijt aan. Ze stak een sigaret in haar mond, bleef zo zitten, fronste, en liep met bonkende passen de trap af, de tuin in. Kutregels!

Er stond een verveloos bankje, waar Iris op ging zitten. Terwijl ze gretig de rook inhaleerde, keek ze naar het verwaarloosde groen in de tuin. Herbert zou eens langs moeten komen.

Herbert... Hoe zou het zijn gegaan als ze daar had mogen blijven?

Jeanette had er ook op aangedrongen dat Iris zich beter zou gedragen in de leefgroep. Ze moest zich leren aanpassen. Ze had er niets aan als ze zo doorging. Iris snoof. Zij hadden mooi praten met z'n allen! Het ging vanzelf. En dat voelde rot zat. Alsof ze zichzelf niet in de hand had: ze deed haar mond open om iets gewoons te zeggen en er kwam iets kattigs uit. Ze nam zich 's ochtends regelmatig voor om gewoon te doen, maar dan moest ze wachten om te kunnen douchen of het geklets aan de ontbijttafel maakte haar gek of ze haalde weer een onvoldoende op school en dan was het weer mis.

Tjee, als ze van tevoren had geweten hoe moeilijk het allemaal was... Nou nee, dat was onzin natuurlijk, ze had het nooit langer uit kunnen houden thuis. Maar hier... nu... Ze begreep het zelf niet. Waarom ging ze steeds tegen alles en iedereen in?

Tuurlijk, ze wist best dat ze er niets aan had als ze zo doorging. *Maar jij hebt makkelijk praten, stomme Jeanette! Jij hoeft hier niet te wonen met vijf vreemden, die de godganse dag tegen je zeiken en mopperen of juist vrolijk lopen te doen als jij dat niet bent.* Ze had de pest in, hoe konden ze dan van haar verwachten dat ze aardig deed?! Ze zou wel willen dat ze zich anders voelde, dan was het ook gemakkelijker om zich anders te gedragen. Maar zo simpel lagen de zaken niet.

Iris gooide de sigaret op de grond en trapte hem uit. Als ze zichzelf niet eens aardig vond, hoe konden de anderen haar dan aardig vinden?

Iris schrok op toen er iemand naast haar kwam zitten.

'Hai,' zei Ferry. 'Peuk?' Hij hield haar een pakje Marlboro voor en Iris trok er een sigaret uit.

Ferry rookte en kletste zomaar wat. School, uitgaan, sport, muziek. Iris was hem dankbaar voor de afleiding.

'Hé, wat ik wilde vragen,' Ferry drukte zijn sigaret uit in de asbak die daar speciaal voor stond. 'Jij hebt cd's van Pink toch? Mag ik die effe lenen? We willen met onze band misschien wat nummers van haar spelen.' Hij kromde zijn vingers in de lucht en met zijn rechterhand deed hij of hij de snaren aansloeg.

'Kan je niet op YouTube kijken?' vroeg Iris.

'Jawel, maar nu kan ik ze branden en meenemen naar de jongens.'

Samen liepen ze naar Iris' kamer.

'Als je ze maar niet te lang houdt,' zei Iris, terwijl ze hem de cd's in zijn handen drukte.

'Morgen heb je ze weer terug. Zeg, kun jij eigenlijk zingen?' Vanuit de deuropening keek hij haar vragend aan.

'Hoezo?'

'We hebben binnenkort een optreden met onze band en we zoeken wat meiden voor het achtergrondkoortje. Lekkere meiden om precies te zijn. Ze moeten wel kunnen zingen, natuurlijk.'

'Ik zing nooit,' aarzelde Iris.

'Maar kún je zingen?' vroeg Ferry.

'Ik zing in ieder geval niet vals.'

'Ik kan Stephanie niet vragen, want die zingt niet echt goed. Ilona wil ik misschien ook vragen. De andere jongens zijn ook op zoek. Zou je mee willen doen? Proberen?'

Meende hij dat? Ongelovig keek Iris naar zijn gezicht. Niets wees erop dat hij een grap met haar uithaalde. Tjonge... dat zou te gek zijn!

'Ja, leuk!'

'Jullie moeten gewoon maar eens meezingen, dan horen we wel hoe het gaat.' Ferry zwaaide met de cd's. 'Bedankt, hè?' Hij verdween.

Iris pakte haar laptop en ging op msn kletsen met Senna. Ze voelde zich ineens stukken beter. Na een tijdje werd beneden geroepen voor het eten. Tegelijk met Iris liep Stephanie de woonkamer in.

'Ga jij zingen in Ferry's band?' vroeg ze.

Dat was snel bekend! 'Ik denk het wel,' antwoordde Iris gauw toen ze de jaloerse blik in Stephanies ogen zag.

In de keuken hing een enorme walm. Tosca en Ilona waren nog druk bezig. Ze hadden allebei een schort omgebonden en bakten pannenkoeken. Overal lag gemorst beslag. Stukken appel en plakken spek lagen op het aanrecht. Op een bord op het fornuis lag al een flinke stapel pannenkoeken.

'Moeten we dat allemaal opeten?' vroeg Iris.

'Geen probleem, hoor,' zei Ferry. Hij pakte borden uit de kast en dekte de tafel. Iris jatte een stuk appel en stopte het in haar mond. Ilona hief dreigend haar spatel omhoog. Lachend deed Iris een stap achteruit.

Tosca liet een klontje boter in de koekenpan glijden. 'Ferry eet er wel tien!' zei ze. 'Ik durf te wedden dat we te weinig hebben. Beginnen jullie maar vast, wij bakken nog even door.' Ze wees op de nog redelijk volle beslagkom.

Tosca en Ilona hadden dikke pret onder het bakken. De rest ging aan tafel zitten en begon aan de eerste stapel. Daarna losten Iris en Ferry hen af, zodat ook zij vast wat konden eten. Iris genoot van de gezellige sfeer en deed haar best een bijdrage te leveren aan de puinhoop in de keuken. Joanne liet hen begaan, ze moesten het tenslotte zelf opruimen.

Uiteindelijk waren de stapels pannenkoeken verorberd, ze hadden ze allemaal opgegeten. Onderuitgezakt op hun stoel kletsten ze een tijd. Want met zulke volle magen konden ze natuurlijk niet direct gaan afwassen.

9

Na de afwas liet Iris zich naast Ilona op de bank in de woonkamer vallen en vroeg, terugkomend op het gesprek aan tafel: 'Waar betaal jij dat van, al die kleren en die dure make-up?'

Ilona haalde haar schouders op. 'Gewoon, baantje. En van m'n tante bij wie ik hiervoor heb gewoond, krijg ik nog wel eens geld.'

'Van ons zakgeld in ieder geval niet!' reageerde Tosca. 'Ze houden ons hier zo arm als de neten, daar kan je nog geen fatsoenlijke deo van kopen.'

Ilona boog zich naar Iris en fluisterde haar in het oor: 'Ik jat ook wel eens wat.'

Tosca herhaalde luid: 'Ze jat ook wel eens wat.'

Geschrokken keek Ilona in de richting van de keuken.

'Nee, Joanne is daar niet, maak je maar niet ongerust. En doe niet zo moeilijk, want dat weten we allemaal en dat doen we ook allemaal, toch, Iris?'

Iris knikte, ook al had zij dat nog nooit gedaan.

Stephanie zei tegen Tosca: 'Wedden dat Iris zo braaf is dat ze alles keurig afrekent?'

Tosca stootte Stephanie aan. 'Weet je nog die keer dat we bijna gesnapt waren? Jij maar lullen om die verkoopster aan de praat te houden en ik kon zo een hele lading lippenstift in mijn jaszak laten glijden. En toen we naar buiten gingen, kwam die vent eraan, zeg! Jij gillen dat je door je enkel ging en hij ineens héél behulpzaam. Ik stond op een afstandje te kijken en die vent was mij gewoon glad vergeten!' Ze keek Iris aan met een blik van: nou jij!

Iris wilde al een spectaculaire diefstal verzinnen, maar Ilona was haar voor. Iris luisterde nieuwsgierig.

'Je moet er wat voor over hebben om je voorraad make-up aan te vullen,' merkte Ferry spottend op.

'Nou,' zei Tosca, 'daar profiteer jij ook weer van!' Ze vertelde Iris dat ze Ferry altijd opmaakte als hij een optreden had.

Iris keek hem aan. Dat paste helemaal niet bij hem. Ferry zag haar kijken.

'Niet te veel, hoor, net zo dat...'

'... dat hij er nog beter uitziet, hè Fer?' slijmde Tosca.

'Ik deed het als klein jongetje ook wel eens,' vertelde Ferry. 'Dan ging ik naar mijn moeders slaapkamer en smeerde van alles op mijn gezicht. Of ik pakte de beautycase van m'n zus en ging daarmee experimenteren. Mijn moeder gaf me een knal voor m'n hersens als ze het merkte, man, ik liep regelmatig met blauwe plekken op m'n kop.' Triomfantelijk keek hij rond.

Junior stond op, zette de tv wat harder en ging er vlak voor zitten.

'Ha, da's nog niks,' zei Tosca, 'ik ben een keer bewusteloos geslagen door m'n vader. Die was zo zat als een aap. Zomaar voor niks. Borreltje op en pats, daar ging Tosca tegen de vlakte.'

'Borreltje op? Zeg maar gerust fles op!' verbeterde Stephanie haar.

'Mijn moeder begon tussen de middag al aan de sherry. Ze kon het anders niet aan, zei ze. Die zoon van mij is toch zo'n onhandelbaar kind,' deed Ferry op een hoge, klagende toon.

'Mijn vader begon direct met zuipen als hij uit bed kwam,' snoefde Tosca.

'Dan was hij weer mens, zei hij altijd,' vulde Stephanie aan.

'Ja, en dan kon je maar beter uit z'n buurt blijven, als hij weer "mens" was, want dan was hij wel een mens met een vreselijk ochtendhumeur.'

'Midden op de middag!' zei Stephanie.

'Je kon hem sowieso beter zo veel mogelijk ontlopen,' zei Tosca.

'Alleen als hij z'n roes aan het uitslapen was, hadden we rust. En ergens midden op de middag, als hij net genoeg borrels op had om zijn kater kwijt te zijn en nog niet te veel had gedronken om weer zat te zijn, dan kon je nog wel eens wat met hem. Als we zakgeld nodig hadden, moest je het op dat moment vragen.'

Tosca knikte bevestigend.

'En je moeder dan?' vroeg Iris.

'Die werd gek, wel zo makkelijk. Wie wil er nog thee?' Tosca pakte de theepot en keek de groep rond.

'Mijn moeder huilde de hele dag,' zei Ferry. 'Ongelooflijk hoeveel tranen als ze had. Ze kon niet goed met m'n pa opschieten en niet goed met mij!' Het leek wel of hij daar trots op was. 'Als zij ja zei, zei ik nee en als zij nee zei, zei ik ja. Zo'n etterbak was ik en zo'n zeikwijf was zij. Ik kon gewoon niet met haar opschieten. Ik deed daarom maar waar ik zin in had en daar moest zij dan weer om janken.'

Iris vond dat ze ook een duit in het zakje moest doen. 'Mijn moeder vergat dat ik er was. Alle aandacht ging naar mijn halfbroertje en -zusje. Ik bestond niet meer voor haar.

Ik was een "ongelukje", ze moest trouwen toen ze zwanger was van mij. Ze wilde mij helemaal niet.'

Junior draaide zich om en mompelde: 'Dat doet in ieder geval niet zeer.'

'Hé Junior, laat eens aan Iris zien,' zei Tosca. Ze pakte hem bij zijn arm en stroopte de mouwen omhoog. 'Hier, moet je kijken,' ze wees naar de vurige rode plekken. 'Hier zijn sigaretten op uitgedrukt. Dat is pas zielig.' Ze aaide hem over zijn hoofd.

Junior knikte. 'Ik heb twee keer mijn pols gebroken en ik zat altijd onder de bulten en blauwe plekken,' somde hij op. 'Mijn moeder sloeg me en zei dan dat ik ergens vanaf was gevallen.'

'Mijn moeder heeft eens het hele huis kort en klein geslagen,' vertelde Tosca. Ze stootte haar zus aan. 'Weet je nog, Steph? Die was helemaal kierewiet, zeg. Pa zat in de kroeg en wij hadden ons op onze kamer verstopt. Ik was toen wel bang. Jij?'

Op dat moment sprong Ilona op. Tranen gleden over haar wangen. 'Wat zijn jullie walgelijk bezig!' riep ze. 'Een beetje opscheppen en doen wie het zieligst is! Gatverdamme!' Ze holde de kamer uit.

Geschrokken keek Iris haar na. Wat had die nou opeens? Och ja, misschien was hun gesprek wel wat raar. Zou ze haar achterna gaan? Zou Ilona dat wel willen?

Aarzelend keek ze naar de anderen. 'Moeten we niet achter haar aan?' vroeg ze.

'Waarom?' zei Tosca. 'Die reageert wel vaker zo overgevoelig. Ze moet zich niet aanstellen.'

'Maar zij heeft helemaal geen ouders meer,' verdedigde Iris Ilona.

'Alsof dat het toppunt van zieligheid is! Het heeft ook wel z'n voordelen als je ouders er niet meer zijn. Ik ben nou veertien. Als ma uit de inrichting wordt ontslagen, moet ik weer naar huis. En als pa niet van de drank kan afblijven, begint alles weer opnieuw.'

Stephanie wilde wat zeggen, maar Tosca gaf haar geen kans: 'Dan ben jij al oud genoeg om op kamers te gaan wonen.'

'We gaan gewoon samen op kamers wonen.'

'Ja hoor. Als het zover is, denk je er vast anders over.'

Iris keek naar de jongens, die hadden zich inmiddels omgedraaid en zaten met hun gezichten naar de tv gekeerd. De tune van Tosca's soapserie kondigde het begin van een nieuwe aflevering aan.

'Nou stil zijn, Steph, ik moet tv-kijken,' commandeerde Tosca. Iris stond op. Vreemde types, eerst allerlei akelige dingen opsommen en vervolgens gewoon tv gaan zitten kijken. Net zo maf als eerst gezellig met elkaar pannenkoeken eten en lol maken om vervolgens Ilona zomaar te laten vallen.

Iris ging naar boven en klopte op Ilona's deur. Er kwam geen antwoord, dus keek ze om het hoekje. Ilona lag op haar bed en keek op. 'Opzouten!' zei ze.

Wat nu? Iris ging naar haar kamer en plofte tussen haar knuffels in op het bed. Ze kon Joanne vertellen wat er was gebeurd. Die moest dan maar naar haar toe. Ze kwam overeind en ging naar beneden om Joanne te zoeken.

Even later nam ze haar plekje tussen de pluchen beesten weer in. Er was iemand bij Ilona, ze had gedaan wat ze kon. Ze pakte de gele beer en aaide over het kale oortje.

'Tja, wat nu?' vroeg ze hem.

Zo'n beer zei ook niet veel.

'Ik weet het ook niet...'

74

Ze had geen zin in tv-kijken, want ze wilde niet beneden zitten. Haar plotselinge goede humeur van zonet was helemaal verdwenen. Ze had spijt dat ze mee had gedaan aan dat opschepperige gedoe en ze had een rotgevoel omdat Ilona haar had weggestuurd. Ze stuurde een sms'je naar Bart, maar kreeg er geen terug. Ze stuurde een sms'je naar Senna, die ook al niet reageerde. Waar was iedereen? Waren zij wel uit? Maakten zij lol zonder haar?

Iris keek naar haar laptop. Daar was een hele wereld met vrienden, misschien dat een paar van hen ook thuis zaten, of anders via hun smartphones aan het chatten waren. Misschien moest ze een baantje zoeken, kon ze eindelijk ook een smartphone kopen.

De laptop bleef staan waar hij stond. Iris ging plat op haar rug liggen en zette alle knuffels op haar buik. Ze streelde ze over de gekleurde koppen en ging in gedachten na welk beest ze wanneer had gekregen of gekocht en onder welke omstandigheden. Daarna ging ze op haar hoofd staan, met haar benen tegen de muur. Zo zag de kamer er heel anders uit. Wat was ze toch een stomme trut. Als ze zich wat beter kon beheersen, hoefde ze hier niet alleen te zitten en mocht ze naar Bart of naar Senna of iets afspreken met klasgenoten. Waarom kon ze zich nou niet normaal gedragen?

Toen ze het idee had dat al het bloed naar haar hoofd was gestroomd, liet ze zich van het bed af rollen en maakte een zachte landing op de vloer.

Iris ging naar beneden. Ze haalde een blikje drinken uit de koelkast en ging buiten zitten roken en drinken. Daarna kleedde ze zich uit en ging naar bed. Ze wist niet wat ze anders moest doen. En dat op zaterdagavond…

Midden in de nacht werd Iris wakker. Ze was drijfnat, haar

T-shirt plakte aan haar rug. Ze ging rechtop zitten en het duurde even voor ze de paniek kwijt was. Rustig ademhalen, dat hielp altijd het beste. In en uit en in en uit. Ze knipte het licht aan, sloeg het dekbed van zich af en stond op. Ze had gedroomd, dezelfde akelige droom waaruit ze altijd kletsnat van het zweet wakker werd.

Ze stond in een grote kamer, waar veel mensen waren. Ze wist niet wie dat waren, ze herkende hen niet. Ze wilde hun gezicht graag zien, maar ze leken geen gezicht te hebben. Toch hadden ze iets bekends. In die kamer gebeurde van alles. Meestal was er een soort feest aan de gang: dan werd er muziek gemaakt en gedanst of iedereen zat in groepen bij elkaar en praatte en lachte samen. Een enkele keer droomde ze dat een groep mensen aan lange tafels zat te eten en te drinken. Feestelijke gerechten stonden op tafel, flessen wijn gingen rond en het werd steeds gezelliger.

Iris wilde erbij gaan zitten, maar ze werd genegeerd. Niemand zag haar, niemand praatte met haar. Alsof ze er helemaal niet was. En hoe ze ook haar best deed, niemand merkte haar op!

Dan brak het angstzweet haar uit. Kijk dan... Hier ben ik, Iris! Ik besta toch wel! Zie je me niet, hoor je me niet?!

Ze werd altijd wakker met de paniek nog in haar lijf. Zij in haar eentje, ze stikte er haast in.

Snel liep ze naar de badkamer, even wat water drinken. Toen ze haar kamer weer in wilde gaan, bleef ze staan. Uit de kamer van Junior klonk muziek en vrolijk gelach, en de gedempte stemmen van Ferry, Tosca, Stephanie en Junior zelf. Iris bleef aan de deur staan luisteren. De slaapkamer waar de leiding sliep, was in het andere huis. Joanne zou allang op bed liggen.

Zij in haar eentje aan deze kant van de deur, de anderen met elkaar daarbinnen, Iris werd er haast duizelig van. Zou Ilona er ook bij zijn? Ze beet keihard op haar onderlip tot die begon te bloeden. Ze werd echt buitengesloten! Waarom zat ze niet ook daar?

Iris vluchtte naar haar bed. Getver, het dekbed was kletsnat. Ze haalde de hoes eraf en trok het onderlaken van het bed. Ze ging zo op het matras liggen en legde het kale dekbed over haar benen. Niet slapen, niet weer slapen, de droom kwam vaak terug. Ach, wat maakte het uit? Het was toch Iris tegen de wereld. De hele wereld was tegen haar...

Ze deed haar oortjes in en ging muziek luisteren. Zo kon ze niets meer horen van wat er aan de andere kant van de gang gebeurde. Zo kon ze luisteren naar de pijn die uit de liedjes sprak, en hoefde ze haar eigen pijn niet te voelen.

10

Het was warm in het lokaal, ook al was het zonnescherm neergelaten. Iris voelde haar zwarte top aan haar rug kleven. Het lokaal van Nederlands was aan de zuidkant van de school en in de zomer was het hier 's middags snikheet. De ramen en de deuren stonden tegen elkaar open, en op de gang klonken de stemmen van leraren die hun lessen afdraaiden. Als de andere klassen net zo duf waren als hun klas, hadden ze vanmiddag weinig kans dat er ook maar iets van bleef hangen. Heringa stak een verhaal af over dode schrijvers. Waarom moest je iets weten over de verleden tijd? Wat had je daar nou aan? Stom vak. Stomme school. Liever wilde ze leren hoe het leven nú geleefd moest worden...

Iris tekende twee horizontale en twee verticale lijntjes in haar schrift en zette een kruisje in het middelste vakje. Ze schoof haar schrift naar Senna, die naast haar zat. Zij zette een nulletje en daarna was het Iris' beurt weer. Senna maakte het laatste vakje vol en zette een dikke streep door drie nullen die horizontaal naast elkaar stonden. Ze schreef eronder: 'O zo!' Ze tekende vier nieuwe lijnen en zette het eerste nulletje. Zo deden ze een paar spelletjes. Onder het laatste kruisje-nulletje-diagram schreef Senna: 'Warm hè?'

Daaronder antwoordde Iris: 'Ik smelt! Straks proefwerk Duits. Help, ik heb het niet geleerd.'

Senna schudde haar hoofd. 'Stommerd!' schreef ze.

Het zonnescherm belemmerde Iris het uitzicht op het

schoolplein. Ze zat met Senna achter in de klas, vlak voor het raam. Ze voelde de warme luchtstroom die door het lokaal blies. Ze had zin in een biertje, lekker groot en koud. Ze tekende in de kantlijn van haar schrift een serie bierglazen met schuimkop. Op een terras in de stad, in de zon, verstopt achter een zonnebril en dan samen met Bart mensen kijken en van commentaar voorzien. Beter dan dit duffe zootje hier.

Ineens stond Heringa naast Iris' tafel en legde zijn vinger op het schrift. Iris rook een sterke zweetgeur, ze zag de grote vochtplekken rond de oksels van zijn overhemd.

'Wij zijn met literatuur bezig, jongedame,' merkte hij op.

'Ik ook,' antwoordde Iris.

'Je schrift getuigt van het tegendeel.'

'Dit is *mijn* poëzie.'

'Maar we zijn met proza bezig.'

De klas gniffelde en Senna stootte met haar knie tegen Iris' been.

'Iedereen is met de opdrachten bezig, dus jij ook.'

'Maar meneer, het is veel te warm! Het is havo-4 mishandeling om met deze temperaturen te verwachten dat wij ons interesseren voor literatuur.'

'Het lesrooster trekt zich helaas niets aan van weersomstandigheden. Ik moet je verzoeken gewoon mee te doen met de rest!'

'Dan kook ik over!'

'Iedereen werkt hier onder dezelfde omstandigheden en zij kunnen het ook.' Heringa wees naar de rest van de klas, die de discussie met belangstelling volgde.

'*Ik* vind het veel te warm,' zei Iris met nadruk.

Heringa pakte haar schrift op, waar meer galgjes en kruisjes-nulletjes in stonden dan aantekeningen en begon erin te bladeren. Kom op zeg, dat was privé!

'Je hebt wat in de les besproken is nodig bij het voorbereiden van je proefwerk, straks,' vervolgde Heringa geërgerd, 'dat wordt natuurlijk weer niks zo.'

'Hoezo wéér?' vroeg Iris vermoeid. O my god, wat kon die vent zeiken.

Heringa klapte het schrift dicht. Koel zei hij: 'Als je toch niet van plan bent om iets te doen, kun je beter gaan. Meld je aan het einde van dit uur, dan zal ik je vertellen wanneer je een uur moet terugkomen. Dan zal ik je wel laten voelen wat werken is! Warm of niet warm!'

Rustig stond Iris op. Terwijl Heringa de klas maande gewoon verder te werken, deed Iris haar spullen in haar tas en fluisterde Senna toe: 'Ik ga de stad in!'

Ze was niet van plan zich bij wie dan ook te melden. Ze wilde weg, het proefwerk Duits zou ze toch verknallen. Iris liep naar het trappenhuis, waar het lekker tochtte. Buiten stak ze het hete schoolplein over en met een slakkengangetje fietste ze naar het centrum. Ze stalde haar fiets en liep de Herenstraat in.

Voor de Hema stond een ijskarretje. Ze kocht een hoorn met slagroom en ging op de rand van een van de bloembakken zitten, waar ze naar de mensen keek die de Hema in en uit liepen. Achter de open deuren zag ze de schappen met crèmes, oogschaduw, lippenstift, lotions en geurtjes. Iris bestudeerde de verkoopster achter de kassa, een jong meisje met zwaar opgemaakte ogen, felle blosjes en rode lippen. Het personeel leek het te druk te hebben om op de vrouwen te letten die tussen de schappen door drentelden. Ze graaiden tussen de nagellak, ze schroefden flesjes parfum open, roken eraan, zetten ze weer terug en draaiden een ander flesje open. Ze probeerden verschillende kleuren lippenstift uit op de rug van hun hand en legden ze weer terug of namen de gekozen kleur mee naar de kassa.

In haar herinnering hoorde Iris Stephanie zeggen: 'Wedden dat Iris zo braaf is dat ze alles keurig afrekent?'

Toen ze het ijsje op had, wandelde Iris naar binnen. Zou het echt zo gemakkelijk gaan?

Ze stond stil voor de doosjes oogschaduw. Haar ogen gleden langs de verschillende kleuren. Ze deed een paar passen opzij, pakte zomaar wat flesjes nagellak op. Ze zette ze weer terug en keek naar de verkoopster, die iets afrekende en wisselgeld teruggaf. Naast Iris reikte een oudere vrouw naar de nagellak. Iris maakte plaats voor haar en liep om een aantal vrouwen heen. Flesjes reinigingsmelk en zakken met watjes, daar had ze niks aan. Ze aarzelde even, liep toen door, verder de Hema in. Eerst naar een andere afdeling. Ze nam de roltrap en dwaalde boven wat rond. Toen pakte ze een blauwe balpen en ging in de rij staan bij de kassa. Nadat ze betaald had, liet ze haar rugzak open en ze schoof de schouderbanden over haar arm. Met de tas in de kromming van haar linkerarm liep ze de trap af naar beneden.

Het was nog steeds druk met klanten rondom de vitrines van de afdeling make-up. Iris ging achter een paar meisjes staan en wachtte, de rugzak over haar arm in de aanslag, tot de verkoopster weer een greep deed in de kassa. Ze pakte een paar doosjes oogschaduw, liet die in haar rugzak glijden en liep naar buiten. Haar rugzak zwaaide ze over één schouder. Nu snel ervandoor, de Hema uit.

Zie je wel?! Zo simpel was het! Op haar gemakje liep ze verder de winkelstraat in, triomfantelijk opverend bij iedere stap, in haar nopjes met het verhaal dat ze in de leefgroep kon vertellen.

Tot ze een stem achter zich hoorde zeggen: 'Ben jij niet wat vergeten af te rekenen bij de Hema?'

Shit! Net doen of ze niets gehoord had. Het was vast voor een ander bedoeld. Maar iemand tikte op haar schouder. 'Zwarte broek, zwarte top, zwarte tas, dreadlocks, jaar of zestien, zeventien, kan niet missen. Je was bij de Hema en hebt iets meegenomen zonder te betalen.'

Nu keek Iris wel om. Naast haar stond een man in uniform. Hij keek haar strak aan en herhaalde zijn vraag, terwijl hij een pasje toonde dat hij daarna weer in het borstzakje van zijn overhemd schoof.

Nee, die was van de beveiliging! Met een hart dat in haar keel hamerde, schudde ze nee. 'Ik was wel bij de Hema, ik heb daar een pen gekocht en die heb ik betaald. Wil je de bon zien?' Ze deed haar rugzak al open.

'Ga maar mee naar de Hema, dan kun je het daar laten zien,' beval de man.

Iris zag dat mensen nieuwsgierig naar hen keken. Ze kon maar het beste meegaan. Die pen had ze echt gekocht en die make-up was gewoon van haar. Al eerder gekocht. Ze had tenslotte haar eigen lippenstift ook in haar rugzak zitten.

Zwijgend liep ze met hem mee. Waar kwam die man zo snel vandaan? En hoe konden ze weten dat zij het was? Kon ze er nog vandoor, nu ineens een sprintje trekken? Maar ze voelde de man achter zich lopen, klaar om haar vast te grijpen. Bovendien zou hij haar ongetwijfeld gemakkelijk inhalen. Hoeveel kans maakte ze in de drukte? Wat zou Stephanie in zo'n geval gedaan hebben? Of Tosca? Of Ilona? Zouden die ooit gesnapt zijn? Het voelde héél erg knullig.

Bij de Hema was dicht bij de ingang een klein hok waar ze naartoe werd gebracht. Er stond een bureau met een computer, meer niet.

Het uniform ging zitten. 'De verkoopster van de afdeling make-up gaf mij door dat je oogschaduw hebt gestolen.' De man wees op haar rugzak. 'Is dat waar?'

'Daar weet ik niets van! Ik heb wel net een pen gekocht. Kijk maar, hier is de bon.' Iris legde pen en bon op tafel.

'Dat kan best, maar die gestolen make-up zit ook in je tas. Voor de dag ermee!'

'Ik heb wel make-up bij me, maar die was al van mij,' probeerde Iris.

De man gebaarde dat ze de tas moest geven. Hij stalde de inhoud uit op het bureau. Schoolboeken, agenda, een boterhamzakje, haar portemonnee, lippenstift en drie doosjes oogschaduw.

'Dit bedoel ik,' zei de man, naar de drie doosjes wijzend. Iris zag dat ze drie keer dezelfde paarse oogschaduw had gejat. Ook stom. Ze kon nooit waarmaken dat ze al van haar waren! Gekke kleur ook: ze gebruikte nooit paars, omdat ze dat niet mooi vond.

'Ja,' zei Iris.

'Waarom deed je dat?'

'Ik weet het niet. Zomaar.'

'Stelen doe je nooit zomaar.'

'Ik wel.'

'Niemand steelt zomaar. Jij ook niet.'

'Ik wou eens kijken hoe dat was.'

'Uit nieuwsgierigheid, dus.'

'Zoiets.'

'En het is de eerste keer?'

'Ja.'

'Dat kunnen we heel gemakkelijk nagaan in het digitale dossier,' zei de man. 'Heb je vaker gestolen, dan ben ik verplicht de politie erbij te halen.' Hij trok het toetsenbord van de computer naar zich toe, klikte een paar keer met de muis en keek haar vragend aan. 'Je naam?'

Even aarzelde Iris. Toen zei ze: 'Carien Breukink.'

Zo heette een klasgenoot, het meisje dat achter Luuk aanzat en waar Senna steeds ruzie mee had.

De man trok zijn wenkbrauw op en typte de naam. 'Adres?' vroeg hij.

Dat wist ze niet. Ergens in het noorden van de stad. Ze moest iets verzinnen. Hoe heetten die straten daar allemaal?

'Wilgenlaan 2.'

De man keek haar oplettend aan. 'Dat is niet je eigen naam en adres.'

'Wel.'

'Je bent strafbaar als je een verkeerde naam opgeeft, weet je dat?'

'Ik weet toch zeker wel hoe ik heet?'

De man verschoof de muis over het bureaublad en zei: 'Ik kan dat zo controleren. Favorieten. Zoeken. Telefoongids. B-r-e-u-k-i-n-k.' Hij spelde de letters terwijl hij ze intoetste.

'Ik heet Iris. Iris Mellema, Framaheerd 11,' zei Iris met een zucht.

'Dat klinkt beter.' Hij vulde naam en adres in. 'Telefoon?'

Iris noemde het nummer.

Hij vroeg haar geboortedatum en mompelend typte hij het formulier op zijn scherm verder in: datum, artikel, winkelprijs, reden van diefstal.

Iris schold in stilte op zichzelf. Ze was het grootste rund van de leefgroep. Ze kon ook niks.

'Er is in het systeem niets bekend over eerdere diefstal. Maar ik roep straks wel even de bedrijfsleider erbij. Ook is het de gewoonte dat we de ouders op de hoogte stellen van een diefstal,' zei hij vervolgens. 'Zijn jouw ouders thuis?'

'Ik woon niet bij mijn ouders.'

'Waar woon je dan?'

'In een leefgroephuis.'

'Is daar iemand aanwezig van de leiding?'

'Het zal wel.'

De man haalde een telefoon uit zijn borstzak en toetste het nummer. Iris luisterde terwijl hij verslag deed, ze kon niet uit zijn woorden opmaken wie hij aan de lijn had.

'Zo,' zei hij uiteindelijk, 'en dan zal ik nu de bedrijfsleider erbij roepen. Misschien laat hij je wel een paar uur werken.'

'Is dat niet wat overdreven?' Iris wist niet wat ze hoorde.

'Zo zijn de regels.'

Alweer die regels! 'En dat voor drie van die lullige doosjes?

'Diefstal is diefstal.'

Die vergenoegde glimlach – hij was een zak, dat was duidelijk! Toen stapte een man binnen die zich voorstelde als de bedrijfsleider. Hij luisterde naar het verhaal van de beveiligingsman en keek Iris aan. 'Eerste keer?'

'Ja.'

'Je ouders weten ervan?'

'Ze woont niet bij haar ouders, de leiding van haar huis is op de hoogte gesteld,' antwoordde de man voor haar.

'Dan wil ik van jou horen dat je het in het vervolg uit je

hoofd haalt spullen van een ander zonder betalen mee te nemen.'

'Sorry,' zei Iris. 'Ik zal het niet meer doen.' Zo'n belofte kon je gemakkelijk doen.

'Gebeurt het nog eens, waar dan ook, dan halen we de politie erbij, onthoud dat goed.'

Toen mocht ze gaan. De doosjes oogschaduw bleven achter op het bureau.

11

De schoolbel ging. Iris keek op haar horloge: vijf voor half vier. In de gang hoorde ze gegil en geschreeuw, deuren werden dichtgeslagen en in het slot gedraaid. Daarna werd het stil. Iedereen was weg en zij zat hier nog. Ze moest nog tot half vijf, dan pas mocht ze weg. De deur van het kamertje waar ze zat, ging open en mevrouw Verhoeven kwam binnen.

'Zit jij hier nog?'

'Ja, strafwerk.'

'Dat is sneu met zulk mooi weer.'

'Het is mijn eigen schuld.'

Mevrouw Verhoeven keek over Iris' schouder naar het werk dat voor haar lag, een eindexamentekst Nederlands, niet om door te komen. Op het proefwerkvel stonden een paar korte antwoorden.

Mevrouw Verhoeven gaf Nederlands, Iris had in de tweede en derde les van haar gehad.

'Stomme tekst,' mopperde Iris.

'Ik kan me voorstellen dat je op dit moment liever wat anders doet,' lachte mevrouw Verhoeven en ze pakte haar jas van de kapstok. 'Succes, Iris! Zal ik de deur maar openlaten?'

Nog een uur, hoe kwam ze die tijd door!

Ze zat in het kleine kamertje naast de theorielokalen, waar de docenten Nederlands boeken en stapels papieren bewaarden, zoals examenteksten en oude proefwerken. Een muf hok, waar het meurde naar geschreven zinnen. Iris noteerde de nummers van de resterende vragen van de tekst onder elkaar en zette evenveel vraagtekens. Ze wist het niet, zou ze tegen Heringa zeggen. Veel te moeilijk. Ze pakte haar telefoon.

Goed balen dat ze hier zat. Normaal was ze om half een al uit op donderdag. Maar ja, ze had zich niet gemeld bij Heringa na de les en ze had gespijbeld. Soms kwam het er gewoon niet van naar een bepaalde les te gaan of haar huiswerk te maken. Als ze zo doorging, zou ze blijven zitten. Ze moest er niet aan denken: nog een jaar 4-havo. Het kwam ook door Wubbe, die zei steeds tegen haar dat ze haar huiswerk moest maken, dat was voor haar al een reden om het juist niet te doen. Ze kon het niet goed hebben als Wubbe dat tegen haar zei.

Wubbe vond het superstom wat ze gedaan had. Hij had haar na het eten bij zich geroepen in het kantoortje. Voor één keer was ze het met hem eens geweest, alleen had zij gedoeld op het betrapt worden en hij natuurlijk op het jatten zelf. Boos was hij niet geworden, tenminste niet daarom. Wel om het telefoontje van school dat Iris alweer gespijbeld had. Zijn oordeel was streng: geen logeerpartij bij Bart zaterdag en aan het optreden met Ferry's band mocht ze niet meedoen. Ze moest nu maar eens voelen dat het menens was. Ze had nog enkele weken voor het overgangsrapport en ze moest echt serieus aan het werk. Ze zou huiswerkbegeleiding krijgen. Als ze genoeg deed, kon ze nog overgaan.

Wubbe mocht haar niet. Niemand in dit pestpokketeringtakkeleefgroephuis vond haar aardig. Iedereen schold op haar of was geïrriteerd omdat zij er was. En die ondankbare Ilona wisselde geen woord meer met haar. Alleen Ferry deed gewoon.

En nou mocht ze niet meezingen! Verboden! Stomme, stomme Wubbe. Hád ze een keer wat leuks...

Toen het eindelijk half vijf was, kwam Heringa haar verlossen. Hij nam zonder commentaar het blaadje met de vraagtekens in ontvangst en zei alleen maar dat hij hoopte dat ze haar gedrag zou verbeteren.

Opgelucht ging Iris naar buiten. Ze fietste naar Bart, die verrast was dat ze zo laat op de middag nog langskwam.

Verontwaardigd begon ze over Wubbes straf.

Maar deze keer ging Bart er niet in mee. 'Jee, Iris, dat is nou al de zoveelste keer! Jij doet aldoor stomme dingen en het gevolg is dat wij elkaar niet mogen zien. Kun je je zo langzamerhand niet eens normaal gaan gedragen?'

Iris schrok. 'Ik doe toch normaal?' Het was al gezegd voor ze zich kon afvragen of hij misschien gelijk had. 'Ik kan er toch niets aan doen dat ze zo streng zijn? Ik vind het ook stom dat Wubbe zulke maatregelen neemt.' Iris werd kwaad. Hij kon toch wel begrijpen dat zij het moeilijk had? Dat was niet zomaar over...

'Het is iedere keer hetzelfde,' vervolgde Bart. 'Ik ben het zo langzamerhand zat, Iris. Je hebt niet alleen jezelf ermee, maar ook mij.'

Iris wilde haar armen om Bart heen slaan, maar hij duwde haar van zich af. 'Als jij je nou eens een beetje positiever gaat opstellen, doen de anderen dat misschien ook wel.' En toen Iris niet reageerde, voegde hij eraan toe: 'Positief? Weet je nog wat dat is?'

Wéér iemand die haar niet aardig vond! Hoewel haar verstand haar zei dat Bart dat helemaal niet bedoelde, voelde het wel zo.

Het liep tegen etenstijd en Barts moeder kwam vragen of ze mee-at. Iris wilde de uitnodiging al aannemen, maar Bart protesteerde: 'Je moet thuis eten, dat weet je best!'

Ze fietste snel. Thuis? Ze hád geen thuis. In het leefgroephuis at ze zonder veel te zeggen de pasta die Joanne had gekookt. Na het inruimen van de afwasmachine verdween ze naar boven, een beetje huiswerk maken.

Tegen acht uur verliet ze het huis weer. Ze wilde een eindje fietsen, zei ze tegen Joanne, maar ze reed naar Ferry's school. Ze wist waar de jongens oefenden, ze had al een paar keer meegezongen: echt superleuk was het. Maar de muziek klonk nu van een andere kant. Ze liep in die richting en bleef staan bij de ingang van de kantine. Op het podium stonden de vier jongens, Ferry stond links vooraan achter zijn keyboard en speelde vol overgave. Wauw, dat kon niet missen: Pink! Hé, bij het achtergrondkoor, tussen Ilona en Jasmijn in, stond Stephanie! En die meid kon niet zingen, dat had Ferry zelf gezegd!

Ze balde haar vuisten en liep langzaam de kantine in, naar het podium, naar haar lievelingsmuziek. Het nummer was bijna afgelopen. Toen klonk in de stilte Stephanies schelle stem: 'Iris, wat doe jij hier!'

'Wat doe jij op mijn plaats?' schreeuwde Iris terug.

'Jij mag niet meer meedoen,' zei Stephanie lief. 'Die jongens zaten erg omhoog.'

'En jij kan niet zingen, je staat voor gek!'

Er kwam een waas voor haar ogen. Weer was de wereld tegen haar... Driftig klom ze het podium op en liep op Stephanie af. Die deinsde terug en haakte met haar voet achter

het snoer van de microfoon, die met een krakend geluid om-
viel. Iris raapte de microfoon op en wilde haar vervangster
ermee te lijf gaan. Met een gil liep Stephanie nog verder achteruit waarop ze opnieuw struikelde. Ferry pakte Iris de
microfoonstang af en een andere knul trok haar achteruit.
'Jij... jij... vieze, vuile... bitch!'
Stephanie was overeind gekrabbeld, ze trok haar rokje
recht en zei: 'Wat een drama queen ben jij, zeg!'
'En jij bent een ongelooflijke kuttekop!'
'Ja, sorry, Iris,' zei Ferry, 'we moesten echt nog iemand
hebben.'
'En ze kan niet eens zingen!'
'Dat valt heus wel mee.'
Iris rukte zich los, sprong het podium af en slalomde met
grote stappen door de tafeltjes.
'Iris, wacht!' riep Ilona haar na. Ze holde achter Iris aan,
pakte haar arm vast, maar Iris schudde zich los: 'Fuck off!'
Zonder omkijken liep ze naar buiten, haar tranen driftig
wegvegend. Logisch dat er een vervangster moest komen,
dat snapte ze best, maar het deed zo'n pijn vanbinnen... En
het was haar eigen dikke stomme schuld ook nog. Waarom deed ze nou steeds precies de verkeerde dingen? Het
was alsof het niet Iris was die dat deed, maar iemand anders, waar ze niets over te zeggen had. Het moest anders,
maar hoe?
Toen Iris later op de avond op haar bed muziek lag te luisteren, werd er op de deur geklopt. Joanne kwam binnen met
een kopje in haar hand.
'Hier, ik heb thee voor je,' zei ze.
Iris kwam overeind. Verrast pakte ze het kopje aan. Dat
was lief!

'De band repeteert en jij zit hier,' zei Joanne. 'Dat valt niet mee, hè?'

Iris schudde nee.

'Weet je, Iris, we doen dit echt niet om je te pesten of omdat we je niet aardig vinden. Jij schijnt alleen maar te kunnen denken dat iedereen een hekel aan je heeft. Maar dat is helemaal niet zo!' Ze legde even haar hand op Iris' schouder. 'Probeer je verdriet een beetje van je af te zetten. Je hoeft er niet elk moment van de dag mee bezig te zijn. Ik weet dat dat moeilijk is, maar het leven wordt er uiteindelijk lichter van.'

'Hoe doe je dat?' vroeg ze met een klein stemmetje.

'Concentreer je op school, ga gewoon knallen die laatste paar weken, zoek afleiding, doe leuke dingen met Bart.' Toen Iris haar mond open wilde doen, zei ze: 'Nee! Ik weet wat je wilt zeggen. Na dit weekend mag je hem gewoon weer zien, hoor.'

Het klonk goed. Iris knikte en slurpte van de thee.

'Weet je wat zo mooi is? Je kunt elke dag met goede voornemens aan de slag. En elk moment kun je je voornemen: de rest van mijn leven begint vandaag.'

'De rest van mijn leven begint vandaag.' Gek, maar door die woorden te proeven, voelde Iris zich toch wat beter.

12

'Nog meer cola, Senna?'

'Ja, lekker.'

Ze zaten samen in de woonkamer. Het was stil in huis: Wubbe zat in het kantoortje en de rest was op school of anders naar hun vakantiebaantje. Senna was al vroeg gekomen om Iris morele steun te verlenen. Het was bijna vakantie, ze hadden geen les meer. Aan het einde van deze week zouden ze hun rapport krijgen en daarmee begon de vakantie officieel. Nú, op dit moment, waren de rapportvergaderingen. Iris hád geknald, de afgelopen weken. Zo hard had ze haar hele schoolcarrière nog niet gewerkt. Ze ging naar huiswerkbegeleiding en ook Joanne had zich uitgesloofd om Iris nog wat bij te spijkeren.

En wonder boven wonder was het de afgelopen weken tamelijk rustig geweest in de huiskamer van de leefgroep, als je niet meetelde dat Ilona haar negeerde sinds die avond dat ze zo opschepten over hun ellende. Ach, iedereen deed zijn ding, er waren geen grote conflicten geweest, alleen Stephanie en zij lagen elkaar niet zo goed. Maar het voelde nog steeds als logeren hier, en Iris ergerde zich regelmatig dood aan de drukte.

En nu was het afwachten of al haar geploeter genoeg was geweest. De achterstand was gigantisch, maar misschien, met een beetje geluk en een gloedvol pleidooi van Bos, haar mentor... Hij wist van haar huiselijke omstandigheden en zou die opvoeren als excuus voor haar slechte cijfers, had hij onlangs beloofd. Maar Iris geloofde er niet in dat men daar gevoelig voor zou zijn, ze had zich niet erg geliefd gemaakt bij haar leraren en er was regelmatig over haar geklaagd.

Bos zou na de rapportvergadering bellen als ze was blijven zitten. Belde hij niet, dan betekende dat dat ze over was en dat ze vrijdag gewoon haar rapport kon ophalen. Senna wist zeker dat ze over was, dus die hoefde thuis geen telefoontje af te wachten.

Iris schonk hun nog een cola in en met tuindeur open gingen ze buiten zitten roken.

'Goedemorgen!' Joanne, die de dienst van Wubbe moest overnemen, kwam de tuin in met haar fiets aan de hand. Ze droeg een zwarte fietsbroek, haar blauwe T-shirt was bezweet en ze had een rood hoofd. 'Wat kijk je me aan?' liet ze erop volgen.

'Sportief hoor,' zei Iris.

'Ja, ik dacht, het is mooi weer, ik ga maar eens op de fiets.' Die a-sportieve Joanne, ze kwam altijd met de auto, mooi weer of geen mooi weer.

Van de hele groepsleiding mocht Iris haar het meest. Joanne was wel streng, maar op de een of andere manier kon Iris het van haar wel hebben. Dus als Joanne dienst had, was haar kamer op z'n minst een béétje opgeruimd.

Joanne verdween naar het kantoor en Iris stak de volgende sigaret op.

'Je hebt er net een uitgedrukt,' zei Senna.

'Ik moet toch iets te doen hebben om de tijd door te komen?' Iris keek op haar horloge. 'Zouden ze al bijna klaar zijn?'

'Welnee, die zijn nog lang niet uit vergaderd. Jij bent heus niet het enige bespreekgeval.' Ze stond op en imiteerde Bos' typische manier van lopen. 'Met Iris dienen wij toch wel enige clementie te betrachten,' begon ze, 'Iris heeft een vader en een moeder die... Nee, correctie, Iris heeft niet eens een eigen vader, maar een boze stiefvader en haar moeder heeft twee bloedjes van kinderen...' Ze hield op. 'Weet je,' zei ze met haar gewone stem.

'Wat weet ik?' vroeg Iris.

Senna ging zitten, plotseling zo ernstig dat Iris ervan opkeek. 'Ik vind het een beetje moeilijk om te vertellen, want je wordt vast boos.'

'Vertel nou maar.'

'Ik kom Leonie vaak tegen op straat en eigenlijk vind ik Milan en Mila heel leuk. Het zijn echt schatjes.'

Iris wilde protesteren, daarom vervolgde Senna snel: 'Nee, ik weet dat jij het niet met me eens bent, maar zij kunnen er toch niets aan doen?'

Iris kneep haar lippen stijf op elkaar.

'En nou vroeg Leonie me laatst...' Senna aarzelde. 'Ik speel wel eens met ze als Leonie buiten is, ik vind ze echt heel lief en nou vroeg Leonie me laatst of ik op wou passen, want ze moest die middag weg.'

Iris hield haar adem even in. Toen zei ze zo beheerst mogelijk: 'Sen, maak me niet kwaad en zeg dat het niet waar is.'

'Ik dacht dat dat nu wel zou kunnen. Ik begrijp best wat Leonie jou heeft aangedaan, maar daar sta ik toch buiten? Ik heb altijd een klein broertje of zusje willen hebben, dat weet je best. Ik heb alleen maar die grote broer van mij, die altijd weg is. En kleine neefjes of nichtjes heb ik ook al niet. Ik vond het zó jammer toen jij...'

Maar Iris liet haar niet uitpraten. Het was of onverwacht een korst van een nog niet helemaal genezen wond werd getrokken. 'Trút!' riep ze.

Ze sprong op en holde naar binnen, naar haar kamer, Senna beduusd achterlatend. Die moest maar zien wat ze deed, weggaan of wachten op het telefoontje van Bos, het was haar om het even. Smerige trut! Hoe kon ze dat nou doen?

Met Pink in haar oren kroop ze in de zwarte stoel.

Ze zag de tweeling voor zich, zoals zij ze de laatste keer had gezien bij haar bezoek aan Leonie. Hoe kon iemand die mormels leuk vinden? En dan een beetje gaan zitten oppassen en daarbij helemaal niet denken aan je beste vriendin, die je daar misschien wel mee kwetst.

Ineens stond Joanne voor haar, Iris had haar niet binnen horen komen. Ze had zich omgekleed en haar gezicht had weer de normale kleur. Ze legde even haar hand tegen Iris' wang. 'Er is telefoon voor je.'

Iris kwam verschrikt overeind. Ze trok de oortjes los en keek vol afschuw naar de telefoon in Joannes hand. 'O nee, Joanne, ik durf niet. Neem jij hem alsjeblieft!' smeekte ze.

Maar Joanne duwde de telefoon in Iris' hand en verdween.

Ze was dus blijven zitten. Shit, shit, shit. Langzaam bracht Iris de telefoon naar haar oor. 'Met Iris.'

'Dag Iris, met Arnoud Bos.'

'Met een ongeluksboodschap.'

'Niet zo snel conclusies trekken, Iris, soms valt het mee.'

Zwijgend hoorde Iris hem aan. Toen de verbinding verbroken was, bleef ze stil zitten. Heel bewust zoog ze de lucht op en blies met aandacht haar adem weer uit. En weer in. En weer uit. Ze was niet blijven zitten! Nóg niet...

Opnieuw stond Joanne voor haar. 'En,' zei ze, 'zal ik je

maar feliciteren?' Ze wachtte het antwoord niet af, maar zoende Iris op beide wangen.

Ze wist het dus al. Een herexamen, zoals dat bij hen op school heette. Heel langzaam drong het tot Iris door. Een extra proefwerk voor Duits, dat ze na de vakantie moest maken. Als ze dan van de vijf voor Duits een zes maakte, was ze alsnog over. Vrijdag, als de anderen hun rapport kregen, moest zij opgaven en boek ophalen. Maar het kon allemaal nog goed komen.

Getver, het betekende ook in de vakantie Duits doen. Help!

'Ik zie wat je denkt,' lachte Joanne.

'Dat red ik nooit,' klaagde Iris.

'Waarom niet? Kom op, meid, heb nou eens een keer een beetje vertrouwen in jezelf,' zei Joanne. 'Elke dag een half uur werken, dat moet toch te doen zijn? We gaan er samen flink tegenaan! Als ik hier ben, wil ik je best helpen, net zoals de afgelopen weken. We stellen een weekplanning op en...'

'Ik kan dat nooit opbrengen...' onderbrak Iris haar.

'Nou, dat is dan gemakkelijk,' klonk Joannes nuchtere stem. 'Dan doe je volgend jaar 4-havo nog een keer.'

Dat was geen aantrekkelijk alternatief. 'Oké, ik zal mijn best doen.'

'Dat klinkt beter. Ik geloof dat je het best kan.'

Het moest, ze wilde niet blijven zitten. Ze wilde zo gauw mogelijk van school af en een opleiding volgen, op kamers wonen en baas over haar eigen leven zijn. Geld verdienen, onafhankelijk worden en niet zoals Leonie...

'Waarom liep Senna net weg?' onderbrak Joanne haar gedachten. 'Ik dacht dat ze met jou op dit telefoontje zou wachten?'

'Daarom,' antwoordde Iris.

'Kun je me ook een gewoon antwoord geven?' vroeg Joanne.

Waarom moesten ze toch altijd alles over haar weten? Waar bemoeiden ze zich mee? Ze voelde hoe haar woede weer bezit van haar nam.

'Iris,' drong Joanne aan, 'wij zijn er niet op uit om jou voortdurend op je kop te zitten, zoals jij nog steeds schijnt te denken. We willen je helpen, maar dat wil jij niet zien. Ik heb zelden iemand meegemaakt die zo koppig is als jij.'

Weer was het stil. Toen stond Joanne op. 'Nou, dan ga ik maar.' Ze liep naar de deur. 'Nee, Joanne, wacht.'

Joanne ging op Iris' bed zitten. 'Oké, zeg het maar.'

'Senna heeft opgepast op Mila en Milan.'

'Nou en?'

'Hoe kon ze dat nou doen? Ze weet toch dat ik die kinderen haat?'

'Wat heeft zij daarmee te maken? Zij vindt kinderen toevallig leuk. Dat is haar goed recht. Ze weet alles van Leonie af en ze is oud en wijs genoeg om zelf uit te maken of ze daar wil oppassen of niet. Daar sta jij buiten.'

'Ik kan me dat gewoon niet voorstellen.'

'Probeer het maar eens. Verplaats je maar eens in een ander. Geen slechte oefening voor jou!' besloot ze plagerig.

Iris peuterde een stukje nagellak van de nagel van haar duim. 'Mag ik je dan wat vragen?'

'Tuurlijk.'

'Wat is er met Ilona's ouders gebeurd?'

'Waarom vraag je haar dat niet zelf?'

'Ze praat niet meer tegen me.'

'Daarom kun jij nog wel wat tegen haar zeggen.'

'Waarom zegt ze niks meer tegen mij, weet jij dat?'

'Jawel, maar dat zeg ik niet. Je moet het haar zelf maar vragen.' Joanne stond op. Peinzend keek ze even op Iris neer, toen ging ze toch weer zitten. 'De mensen hier hebben allemaal hun portie ellende gehad en weten wat er in de wereld te koop is. Ze weten heus wel dat er achter dat bokkige masker van jou een andere Iris zit, die ze best wel aardig vinden, als ze maar de kans krijgen die te zien. Je kunt beter je onzekerheid laten zien dan je scherpe tong, dat waarderen ze veel meer. Daar heb jij ook meer aan. Jullie kunnen heel wat aan elkaar hebben, als je wilt.'

Onverwacht kreeg Iris een knuffel van Joanne. 'Zo, dat is gezegd. En dan ga ik nu naar beneden. Ik moet nog een hoop doen.' Bij de deuropening voegde ze eraan toe: 'Bel je Senna zo meteen? Die zal wel willen weten van je herexamen.'

Iris beloofde dat ze dat zou doen. Straks.

Ze pakte haar knuffels en ging op haar zij op het bed liggen, haar benen trok ze op en de knuffels hield ze stevig tegen haar buik geklemd.

13

Iris schrok wakker. Er kwam iemand de trap op. Hoe laat was het eigenlijk? Jeetje, drie uur al, dan had ze een hele poos geslapen! Ze ging overeind zitten en wreef in haar ogen. Haar hoofd klopte, wie was er nou zo stom om overdag in slaap te vallen? Ze had Joanne iets beloofd... Wat was het ook alweer? O ja, dat herexamen, Senna bellen, de hele vakantie Duits doen. Ineens had ze sterk de behoefte om de mensen van het leefgroephuis, met Joanne voorop, te laten zien dat ze ook iets kon presteren. Ze was al halverwege met die her, nu zou ze opnieuw aan de slag gaan, gewoon keihard werken en dat herexamen halen!

Vol goede moed kwam ze overeind. Dat werd dus een drukke zomervakantie, want maandag begon haar vakantiebaantje: schoonmaken bij de oudjes. Ze was bij een verzorgingshuis aangenomen, vier weken lang fotolijstjes afstoffen en vloeren dweilen. Nou ja, ze kwam er wel doorheen. Wat moest ze anders in al die weken? En wat extra geld kon ze best gebruiken!

Eerst Senna maar bellen. Herexamen en excuses. Ze was wel erg bot tegen Senna geweest, dat had haar vriendin niet verdiend. Ondanks de hoofdpijn voelde Iris zich vanmiddag tot grote dingen in staat.

Ze hoorde muziek uit Ilona's kamer komen. Zou ze... Nee, toch maar niet. Ze ging naar haar eigen kamer en wist niet goed wat ze moest doen. Ze begon met opruimen, zo kon ze ter plekke ook al iets 'goeds' doen. Die goeie Senna was niet eens kwaad geweest, ze was allang blij dat Iris had gebeld.

Iris verplaatste wat troep en liep toen toch naar Ilona's kamer.

'Joe!' hoorde ze in antwoord op haar kloppen.

'Stoor ik?' vroeg Iris.

Ilona zat achter haar bureau met een stapel boeken voor zich. 'Ja, maar dat geeft niet. Ik kan wel wat afleiding gebruiken,' zei Ilona tot Iris' verbazing.

Ilona zat op dezelfde scholengemeenschap als Bart. Zij moest nog een paar proefwerken inhalen, dan was ze ook klaar.

'Lukt het een beetje?' vroeg Iris. Ze wees naar de boeken op het bureau, die op een ordelijke stapel lagen. Ilona was veel netter dan Iris, dat was aan haar hele kamer te zien.

'Economie,' zei Ilona, 'heb jij dat ook in je pakket? Ik snap deze opgave niet.'

Iris zwaaide met haar hand. 'Moet je niet bij mij zijn. Ik snap er de ballen van.' Ze geloofde niet dat Ilona het niet zelf zou kunnen, ze was een kei in alle vakken, ze deed het op school het beste van hen allemaal.

'Moet je nog veel doen voor school?' vroeg Iris.

'Economie dus en daarna wiskunde. Hé, heb jij nog telefoon gehad vanmorgen?'

Zie je wel, alles ging goed vandaag! Ze zat hier gewoon met Ilona te praten, alsof er niets aan de hand was.

'Wat ga jij allemaal doen in de vakantie?' vroeg Iris, nadat ze over haar herexamen verteld had.

'Twee weken met mijn tante naar Turkije.'

'Zo!' Iris floot tussen haar tanden.

'Ze voelt zich nog altijd een beetje schuldig dat ze mij niet meer in huis kon hebben. Ze is ook al oud, weet je. Zo probeert ze het een beetje goed te maken. We gaan 's zomers altijd samen naar een of ander exotisch land.'

Iris aarzelde, maar vroeg toch: 'Wat is er eigenlijk met je ouders gebeurd? Ik heb het me wel eens afgevraagd, maar...' Iris hield onzeker haar mond.

'We hebben een auto-ongeluk gehad. Ik was twaalf. Ik had alleen wat kneuzingen en schaafwonden en zo. Maar mijn vader en moeder waren op slag dood.' Ilona vertelde wat er die dag gebeurd was.

'Wat vreselijk... En toen ben je door je tante opgevangen?'

'Ja, ik heb twee jaar bij haar gewoond. Daarna ben ik hier gekomen.'

Het bleef stil. Wat moest ze zeggen? Hoe kreeg ze Ilona weer aan de praat? Ze had zo'n verdrietige blik in haar ogen.

'Is dat wel leuk, met je tante op vakantie?' Stomme vraag, natuurlijk. Wat was ze ook onhandig in dit soort dingen. Hè, waarom kon ze nou niet wat goede, troostende woorden vinden?

'Och, jawel, ze is heel lief. En ze heeft geld zat, dus we zitten in luxe hotels en we gaan altijd uit eten en zo. Ik vind het wel leuk hoor, wat van die landen te zien, en mijn tante heeft altijd veel gereisd, dus die weet de mooiste plekjes te vinden. Ik kan 's avonds mijn eigen gang gaan, naar de disco of zo.'

'Wanneer ga je precies?'

Ilona lachte. 'Ik ben op tijd terug om ook met jullie mee te gaan!'

De leefgroep ging twee weken naar een bungalowpark, ergens in augustus. Sinds Iris ervan wist, had ze zo haar twijfels, maar Ilona deed nu enthousiast verslag van vorig jaar.

Toch begon Iris weer over de tante van Ilona. Hoe zag je leven eruit als je bij een oude tante woonde?

'Ach,' zei Ilona, 'in het begin was ik alleen maar verdrietig om mijn ouders en mijn zusje. Dan merk je...'

'Zusje?' onderbrak Iris haar.

'Mijn zusje zat ook in de auto. Zij overleefde het ongeluk ook, maar ze was zwaar gewond. Na een paar dagen raakte ze in coma en daarna is ze niet meer wakker geworden. Ze overleed een week later. Ik heb wekenlang gehuild en kon helemaal niet meer slapen. Ik voelde me zo schuldig, want ik had niks. Ik wou ook dood.'

Ilona sloeg haar economieboek dicht. 'Mijn tante is een oudere zus van mijn moeder. Mijn moeder was een nakomertje en tante Mieke was al zestien of zo toen mijn moeder geboren werd. Ze was heel lief voor me, maar het was wel een beetje saai. Bovendien was ze vaak ziek en dan lag ze hele dagen op bed.'

Aandachtig luisterde Iris naar Ilona's verhaal over de tante die, toen ze zestien jaar oud was, een zusje kreeg. Hoe zou ze dat gevonden hebben? Ach, het had wel een andere tijd, toen. En Ilona had een zusje en had haar verloren, terwijl zijzelf... 'Waarom vertel je me dit allemaal?' vroeg Iris.

'Je vroeg er toch naar?' antwoordde Ilona.

'Ja, ik bedoel... Nou vertel je me gewoon... Nou praat je tegen me alsof...'

Dat was niks voor Iris, om niet uit haar woorden te komen, zij die altijd precies wist wat ze moest zeggen. 'Je hebt heel lang niks tegen me gezegd dan alleen maar: "Mag ik de pindakaas?" En nou vertel je dit allemaal.'

Ilona sloeg met haar hand op haar economieboek. 'Toen je hier kwam, was ik daar blij om. Ik zit hier al ruim drie jaar en dat is best lang. Niet iedereen blijft zo lang, ik heb verschillende mensen zien komen en gaan. Met sommigen kon ik best opschieten, maar ze gingen altijd weer weg. Pieter kon ik niet uitstaan en Stephanie en Tosca trekken veel met elkaar op, ook al lopen ze de hele dag ruzie te maken. En Ferry... ach, dat vertel ik je nog wel eens. Ik wilde wel vriendschap met je sluiten.'

Nog een klap op het dichte schoolboek. 'Weet je nog dat jij huilde omdat je bij je moeder was geweest?'

Iris knikte.

'Ik vond het fijn dat ik wat voor je kon doen. Ik dacht... nou zijn we vriendinnen. Daarvoor had je steeds zo afwijzend gedaan, maar we hebben allemaal tijd nodig om te wennen hier. En toen kwam die avond dat iedereen zat op te scheppen over zijn ellende. Dat doen ze wel vaker hier: wie het zieligst is. Nou, dat vind ik zielig. En jij deed daar leuk aan mee. Toen hoefde het niet meer voor mij.'

'Maar,' zei Iris, 'ik ging naar je toe en jij stuurde me weg!'

'Ja, vind je het gek? Eerst lopen opscheppen en dan mij komen troosten, daar had ik geen zin in.'

'Ik heb Joanne naar je toe gestuurd.'

'O, was jij dat. Dat wist ik niet. Nou, in ieder geval, je had voor mij afgedaan.'

Wat moest ze zeggen?

'Sorry...'

'Laat maar. Weet je echt niet wat van economie af?'

'Ik hoor er wel iets vanaf te weten. Laat eens zien, waar zijn jullie mee bezig?'

Iris ging naast Ilona zitten en bekeek haar sommen. Ilona

haalde een zak drop uit haar tas en met volle mond bogen ze zich over Ilona's economieboek.

Een half uur later bedacht Iris ineens: 'Jeetje, ik moet Bart nog bellen. Die zal wel denken... Ik had beloofd dat ik zou bellen over school.'

'Doe hem de groeten,' zei Ilona, terwijl ze nog een dropje in haar mond stak, 'en bedankt voor de hulp!'

14

Het was vrijdagavond. Iris en Bart hadden eerst een poos beneden gezeten en nu zaten ze op Iris' kamer. Bart had Iris meegetrokken, wat haar betrof waren ze nog wat beneden gebleven. Ze hadden gezellig met Ilona en Ferry zitten kletsen, alle vier in een uitgelaten bui omdat de zomervakantie was begonnen. Het scheelde een stuk als Stephanie en Tosca er niet bij waren. Ferry had het uitgebreid over het optreden van morgen gehad, hij was er natuurlijk vol van en voorspelde dat ze de sterren van de hemel zouden spelen. Iris kende alle liedjes uit haar hoofd, niet alleen omdat er veel Pink bij zat, maar ook omdat Ferry, Ilona en Stephanie voortdurend alles zongen. Iris was nog steeds kwaad op Wubbe dat ze niet mee mocht doen, ook al moest ze toegeven dat hij wel gelijk had. Als zij Wubbe was geweest, had ze hetzelfde gedaan.

'Waar zit je met je gedachten?' vroeg Bart.

'Wubbe, die stomme lamzak,' antwoordde ze.

'Wanneer houd je nou eens op met schelden op Wubbe?' Bart trok Iris naar zich toe en schoof haar T-shirt over haar hoofd. Ze had er niets onder aan en hij legde zijn handen op haar borsten.

'Het is mijn hobby,' zei Iris. 'Daar houd ik dus nooit mee op.'

Bart streelde Iris' borsten. 'Dat is erg lang.' Hij ging op de rand van het bed zitten, legde zijn handen tegen haar blote rug, zoende eerst haar buik en ging daarna omhoog met zijn tong. Hij trok cirkels om haar tepels, die hard werden. De donkerbruine huid rondom trok zich rimpelig samen. Daarna trok hij Iris op schoot. Ze sloeg haar benen om zijn heupen, zodat ze in een soort kleermakerszit tegen hem aan zat. Met haar vingers masseerde Iris Barts nek.

'Houd daar nou eens mee op!' zei Bart.

'Waarmee? Hiermee?' Iris hield haar handen met gespreide vingers naast haar schouders, alsof ze 'Niet schieten!' afsmeekte.

'Nee, ga door, dat voelt lekker!' zei Bart. 'Ik bedoel natuurlijk dat gemopper op Wubbe. Je maakt het jezelf zo moeilijk.'

Iris duwde Bart naar achter, zodat hij dwars op het bed lag. Met zijn hoofd stootte hij tegen de muur.

'Begin jij nou ook al?' zei Iris.

'Waarmee?'

'Daarmee, la-maar,' antwoordde Iris vaag.

Bart wreef over zijn hoofd. 'Kusje erop?' vroeg hij.

Iris boog zich over hem heen en zoende ergens op het blonde haar. Bart sloeg onmiddellijk zijn armen rond haar middel en legde Iris in de lengte van het bed. Hij boog zich half over haar heen en zoende, streelde en likte opgewonden Iris' blote bovenlijf. Iris bleef onbeweeglijk op haar rug liggen, haar ene arm strak langs haar lichaam, haar andere arm bungelde zo'n beetje over Bart heen. Met haar vingertoppen streek ze licht over zijn rug. Bart maakte de knoop van haar spijkerbroek open en probeerde haar broek over haar billen te schuiven. Iris bleef liggen en hij vroeg: 'Wat is er?'

'Niks. Ik wil niet.'

'Waarom niet?'

'Daarom niet.'

Nadat ze Bart 's middags had gebeld, was hij direct gekomen. Hij had meegegeten en nu zou hij ook blijven slapen. Voor het eerst was Iris blij dat hij zo naar de logeerkamer zou moeten. Ze wilde alleen zijn. Raar maar waar.

Maar Bart trok Iris overeind en hield haar stevig tegen zich aan. Iris deed niks en hij liet weer los.

'Hé, liefje, wat is dat nou? Ik wil met je vrijen.'

'Ik heb geen zin.'

'Ik hoef niet echt met je naar bed, maar gewoon, alleen wat zoenen en zo. Dat kan toch wel? Je bent een lekker ding, weet je nog?' Hij streek met zijn wijsvinger over haar neus.

'Doe niet zo stom.' Iris duwde zijn hand weg, pakte haar T-shirt van de grond en liet het over haar schouders glijden. Wat mankeerde haar? Ze had het wel vaker de laatste tijd, dat ze gewoon niet kon hebben dat hij aan haar zat.

Toch trok Bart haar weer tegen zich aan en zoende haar op haar mond. Met zijn tong duwde hij haar lippen van elkaar, zijn tanden klikten tegen die van haar en met zijn handen kneep hij in haar bovenarmen.

Iris trok zich los. 'Bart, alsjeblieft!'

'Sorry.' Bart deed een stap achteruit.

Iris wreef over haar armen. 'Ik ga chips halen,' zei ze.

Toen ze weer boven kwam, lag Bart op haar bed. Iris ging naast hem zitten en zette de bak met chips op haar knieën. Ze at. Bart keek haar een tijdje aan, nam toen de chips van haar schoot en sloeg zijn armen om haar heen. Hij trok haar naast zich en zoende haar. Hij mompelde in haar oor: 'Ik hou van je, ik hou van je,' en zoende verder. Weer zijn handen onder haar T-shirt.

108

Iris duwde hem van zich af. 'Ik zei toch dat ik niet wou?' zei ze boos. Met de chips ging ze naar de logeerkamer, waar ze met kleren aan op het logeerbed ging liggen eten.

Waarom deed hij nou zo stom? Oké, ze wou niet vrijen en dat deden ze ook niet meer zo vaak als in het begin, maar dat was toch geen reden om z'n zin door te drijven? Ze had het recht om het te zeggen als ze niet wou.

In gedachten zag ze haar oude kamer bij Leonie voor zich met de gordijnen dicht en alleen maar waxinelichtjes aan. Eén voor één trokken ze elkaars kleren uit. Ieder bloot lichaamsdeel werd uitgebreid betast, gezoend en gelikt voor het volgende kledingstuk uit kon. Spannend was dat. Ze kwamen ogen, handen en monden te kort om alles van elkaar te zien en te voelen. Spannend en lekker. Ze konden eindeloos doorgaan met vrijen. Ze vond het in het begin doodeng, herinnerde ze zich nog wel, als haar slipje uitging of als zij Barts boxershort uittrok. Ze had wel eerder met jongens gerotzooid, maar dat was alleen zoenen op een feestje of op een klassenavond, in ieder geval altijd als er anderen bij waren. Met Bart was het anders. Ging ze verder. Steeds verder. Hij vond niks gek en was zelf ook zenuwachtig. Hoewel hij deed alsof hij precies wist hoe alles moest, was hij ook nog nooit eerder met iemand naar bed geweest. Van Gijs' voorraad pikten ze een condoom en vanaf die tijd legden ze een eigen voorraad aan. Wat was ze trots geweest na die eerste keer! En nou was hij alleen op haar kamer... En zij was hier alleen...

Ze moest in slaap zijn gevallen. Chipskruimels lagen geplet op het vochtige hoofdkussen. Iris stond op en deed zachtjes de deur open. Het huis was stil en donker. Ze liep naar haar eigen kamer. Het bed was leeg, Bart was weg.

15

'Iris! Iris! Word wakker! Hé, kom je nest uit!'

Iemand trok aan haar arm.

Ze had gedroomd. Alweer die droom... die verdomde droom. Wakker worden. Alleen in een kamer vol mensen en niemand die... Toch sjorde iemand aan haar arm.

Iris kwam overeind.

Ferry stond naast haar bed. 'Je moet ons helpen. Je moet meezingen. Jasmijn is haar stem kwijt.'

'Wie is Jasmijn ook alweer?' Iris wreef in haar ogen. 'Waar heb je het over?'

'Het mag van Joanne, wil je alsjeblieft meedoen?'

'Met de band?' vroeg Iris voorzichtig.

'Ja! Vanavond moeten we optreden en nou is Jasmijn ziek. Dat wil zeggen, ze is niet ziek, maar ze is zo schor als een kraai en kan niet zingen.'

'En Ilona en Stephanie dan?'

'Twee is te weinig,' zei Ferry ongeduldig, 'er moet een derde bij.'

De droom... Het eenzame gevoel verdween, iemand had haar nodig. Ze was wakker en dit was echt.

'Je hebt alles al honderd keer meegebruld, dus dat zal wel gaan. En we hebben de hele dag nog om te oefenen, als je tenminste je benen uit bed kunt krijgen.'

'Natuurlijk!' Iris stond al naast haar bed. 'Mag het van Joanne?'

Ferry knikte. 'Ze zou het wel met Wubbe regelen.'

'De schat!'

Onder de douche brulde ze vast een paar nummers. Het zou best gaan!

Intussen had Ferry de andere bandleden opgebeld en een half uur later fietsten ze met zijn vieren naar Ferry's school. Ilona was blij voor haar en Stephanies gezicht voorspelde onweer, een leuk koortje werd dat!

De hele dag repeteerden ze. Ook al kende Iris de liedjes, met muziek erbij was het toch anders en met Stephanie naast zich werd ze nogal eens van de wijs gebracht. Ze beklaagde zich erover bij Ferry, maar hij zei dat ze zich niet moest aanstellen en dat het best ging.

Ze zongen niet elk nummer mee, sommige zelfgemaakte nummers van Ferry speelden de jongens alleen. Iris vond hem nóg cooler. Sjonge, wat kon die gast spelen. Hij zag er aantrekkelijk uit achter zijn keyboard. Iris was niet de enige die dat vond, want Stephanie hing zowat de hele dag om z'n nek. Als ze de kans kreeg tenminste, want Ferry had meer aandacht voor de muziek dan voor haar, behalve wanneer hij niet tevreden was over haar zingen. Ook op Iris had hij regelmatig wat aan te merken: de aanwijzingen hoe het dan wel moest klinken, vlogen over het podium. Ze zongen en speelden net zolang tot hij tevreden was. Maar het ging steeds beter en uiteindelijk klonk het best lekker.

Om vijf uur gingen ze naar huis om te eten. Ze waren allemaal zenuwachtig en druk.

'Spaar je stem!' riep Joanne boven het gepraat en gegil uit.

'Je mag wel kleren van mij aan,' bood Ilona na het eten aan, nadat ze had verteld wat zij en Stephanie zouden dragen, 'of wil je in het zwart...'

Iris aarzelde, zou ze nu...

Samen zochten ze iets uit. Ze kozen een kort groen jurkje met een lage hals. Ilona had er grote groene oorbellen bij. Er was nog net tijd ook haar nagels groen te lakken. Onwennig bekeek Iris haar gekleurde spiegelbeeld. Sinds ze uit protest op de trouwdag van Leonie en Gijs zwarte kleren had aangetrokken, had ze alleen nog maar zwart gedragen. Wat zou Bart zeggen als hij...

Ze checkte haar telefoon. Weer geen bericht van Bart. De hele dag, nee, de hele week had hij niets van zich laten horen. Nou, hij stikte er maar in. Hij was weggegaan, dan moest hij nu ook de eerste stap zetten.

'Kijk eens aan, onze nachtkoningin heeft haar zwart afgelegd,' zei Joanne blij verrast toen ze beneden kwamen en ook in Ferry's ogen zag Iris de verwondering. Of was het bewondering?

'Je ziet er mooi uit,' zei hij.

Joanne kondigde aan dat ze zich verheugde op een luie avond, want ook Junior en Tosca gingen mee, en zij wenste hun veel succes.

De kantine op Ferry's school was klaar voor het feest. De ramen waren dichtgeplakt en boven het podium hing een lichtinstallatie, waarvan de lampen in hun ogen schenen toen ze het podium beklommen. Iris zag niets van de zaal, misschien maar goed ook!

In de hoek stond de dj zijn spullen aan te sluiten: na het optreden was er disco. In de gang was een café ingericht, met een tap.

Ferry, Ismet en de andere jongens, allemaal leerlingen van deze school, pingelden wat melodietjes, ieder voor zich. Ferry draaide aan knoppen en verlegde snoeren. Stephanie liep onrustig heen en weer, Tosca en Ilona zaten op de rand van het podium en Junior liep Ferry voor de voeten. De eerste mensen kwamen de kantine binnen.

Iris' keel was kurkdroog. Ze likte met haar tong langs haar lippen. Ze zocht haar flesje water en ging ermee in een hoek van het podium op de grond zitten. In haar hoofd ging ze na wanneer ze bij de verschillende nummers in moest vallen. Ze durfde niet te veel op Stephanie en Ilona te rekenen.

Het werd drukker in de zaal. Ferry wenkte: 'We gaan zo beginnen.'

Ook Stephanie en Ilona hadden last van een droge mond, er werden nieuwe flesjes water uitgedeeld en iedereen nam plaats achter instrument of microfoon.

'Geen gepiel meer,' beval Ferry en Ismet liet zijn gitaar zakken.

'Ik heb zin in een biertje,' zei Stephanie met een rare stem.

'Na afloop mag je je vol laten lopen,' zei Ilona. 'En denk erom dat je straks op tijd begint. Iris, knijp maar in haar arm of zo.'

De drummer liet een paar roffels horen en de lichten in de zaal gingen uit. De lampen boven hen floepten aan en Iris zag niets meer dan rood, geel en blauw. Ze hoorde Ferry tellen: 'One, two, three, four!' en het was begonnen. De zaal joelde een moment en Iris werd misselijk van de zenuwen. Waar was ze aan begonnen?

Nu stond ze nog in betrekkelijk duister, het eerste nummer zongen ze niet mee. Ze voelde Ilona's hand die van haar pakken en kneep. Ilona kneep terug. Nu, het tweede nummer. Opeens stonden ook zij in het licht. Nou opletten, wanneer moest ze invallen? Ze wist het niet meer! Ze concentreerde zich op Ferry's spel en probeerde zich te herinneren wat hij vanmiddag gezegd had.

Nu... of niet... Toch! Te laat zette ze in. Was de woorden kwijt. Keek naar Ilona's mond en wist het weer.

De misselijkheid was weg en ze zong, kijkend naar de gekleurde lampen die in haar ogen schenen, iets anders van de zaal zag ze niet. Het ging goed, het ging lekker. Was het nummer nou al afgelopen? De zaal gilde en klapte en Ferry zette het volgende nummer in.

Het was pauze. Pfoe. Water. Ferry kwam op haar af en zoende haar op haar mond.

'Fantastisch!'

'Ze zette veel te laat in bij het eerste nummer!' mopperde Stephanie.

'Ze deed het goed,' verdedigde Ilona Iris. 'Vergeet niet dat wij veel langer hebben geoefend.'

Ferry gaf Iris een knipoog en liep naar Ismet.

Ook het tweede deel van het optreden verliep goed. Iris kreeg er plezier in en vond het jammer dat ze niet alle nummers meezong. Misschien zou de band wel vaker met een koortje willen spelen.

De zaal was enthousiast en klapte en schreeuwde langdurig. Ferry zette in voor een toegift en daarna was het voorbij. De dj nam het van hen over en Ferry en Stephanie haalden een rondje bier. Dat hadden ze wel verdiend.

'Fantastisch, fantastisch, heb ik het niet gezegd!' brulde Ferry onophoudelijk en hij dronk in één keer zijn glas leeg. Hij zette zijn glas op de grond en ging opruimen. De andere jongens volgden zijn voorbeeld.

'Ga mee dansen!' zei Ilona tegen Iris. Ze verlieten het podium en begaven zich tussen de springende menigte.

Stephanie bleef achter op het podium, samen met Tosca.

'Niet bij Ferry weg te branden,' gilde Iris in Ilona's oor.

Ilona haalde haar schouders op. 'Laat ze maar!'

Keihard kwam de muziek uit de boxen. De dj schreeuwde de nummers aan elkaar. Lichtbundels gleden door de ruimte, gekleurde lampen flikkerden uit en aan.

Iris sprong en danste mee. Op deze muziek kon je je heerlijk uitleven. Handen werden de lucht in geheven. Ineens was de dansvloer vol rook en opnieuw overschreeuwde de dj met zijn stem de muziek. Ferry stond plotseling voor haar. Hij pakte haar bij haar schouders vast en samen deinden ze op de maat van de muziek mee. De rook trok op en Iris zag Stephanie met een chagrijnig gezicht naar hen kijken. In een opwelling trok ze Ferry naar zich toe en samen draaiden ze in het rond, eerst nog snel, op de beat, en daarna steeds langzamer. Iris leunde met haar hoofd op Ferry's schouder en hij legde zijn handen op haar billen. Ilona, ook al met een frons in haar voorhoofd, verdween in de massa. Aan alle kanten werd tegen hen aan gestoten, omdat ze in hun eigen tempo bewogen en daarom draaiden ze langzaam naar de rand van de dansvloer, waar het veel rustiger was.

Daar stond Bart. Je kon de woede zo van zijn gezicht scheppen.

16

Iris hield op met dansen en Ferry liet haar los. Even bleven ze stilstaan, toen strekte Iris zich op haar tenen en kuste Ferry snel op zijn mond.

'Ik vond het zingen geweldig,' riep ze in de richting van zijn oor. 'Bedankt!'

Kalm liep ze op Bart toe. 'Hoe kom jij hier?' schreeuwde ze.

'Waarom deed je dat?' riep Bart in haar oor, zonder antwoord te geven op Iris' vraag.

'Zomaar, omdat ik het te gek vond dat ik mee kon zingen vanavond,' antwoordde Iris.

'Heb je iets met hem?'

Die was jaloers, dat was duidelijk. 'Ach, welnee, met Stephanie in de buurt krijg ik daar de kans niet toe.'

'Daar ben ik niet zo zeker van.'

'Hoezo?'

'Jij doet toch wel wat je wilt.'

'Bart, please, hou op. Hoe kom jij hier?'

'Je mobiel stond uit en toen belde ik naar het huis. Joanne zei dat je hier was. Ze zei dat ik wel hierheen kon komen.'

'Zullen we dansen?' vroeg Iris.

'Nee, kunnen we niet ergens heen waar minder lawaai is?'

Ze drongen zich door de drukte en liepen naar het café. Iris ging voor de tap in de rij staan en bestelde twee bier. Ze zocht Bart op, die aan het eind van de gang een tafeltje had gevonden.

'Sorry hoor, van zonet,' begon Iris. 'Ik heb echt niks met Ferry. Je weet hoe hij is...'

'Daarom juist,' zei Bart. 'Ik vertrouw hem niet.'

Ze legde haar hand op die van hem. 'Bart, luister nou, we hebben net een te gek optreden gehad en dan voel je je... uitgelaten, super, dronken! Dan vier je feest met z'n allen en dan...'

'Aparte manier van feestvieren,' mopperde Bart.

'Het is echt niet wat jij denkt. Geloof me nou! Hé, heb je nog wat gehoord van de band of kom je net binnen?'

'Ik ben er net. Wilde je daarom niks, gisteravond?'

'Bart, please, ik zeg toch dat ik niks met Ferry heb en ik ben niet verliefd op hem. Gisteravond wist ik nog van geen optreden af en zonder optreden had ik niet om z'n hals gehangen. Het betekent niets!'

Bart zweeg en dronk zijn bier op. Hij ging nog een biertje halen. Mooi, ze had dorst. Toen hij terug was, zei hij aarzelend: 'Ik wilde het nu eigenlijk niet zeggen, maar ik... Jij... Ik wil niet meer, Iris. Ik zie het niet meer zitten.' Hij zweeg, een verdrietige blik in zijn ogen.

Iris dronk haar biertje in één keer leeg. 'Hoe bedoel je? Vanwege Ferry?'

'Was het maar zo eenvoudig.'

Verstond ze dat goed? Ze boog voorover, naar hem toe. 'Nou, dan is er toch niks aan de hand?' zei Iris opgelucht. 'Ik snap het best als je jaloers bent, maar ik heb echt niks met Ferry.'

Bart schudde zijn hoofd. 'Nee, dat is het niet...'

Iris pakte Barts arm beet. 'Je maakt maar een grapje, hè?' Je moest schreeuwen om elkaar te kunnen verstaan.

Bart schudde zijn hoofd. 'Ik meen het.'

'Waarom? Is het om gisteravond, omdat ik niet met je naar bed wilde?'

Bart boog zich naar voren en riep in haar oor: 'Ik heb er gewoon genoeg van, Iris. Ik stond altijd voor je klaar, ik wou altijd alles voor je doen, weet je nog? Maar jij... Ik moest er voor je zijn als je dat nodig had en als je een poos alleen wou zijn, mocht ik niet komen en je bestelde me weer als je je rot voelde. Jij bepaalde wanneer we elkaar konden zien en anders had je je wel weer zo onmogelijk gedragen dat we elkaar voor straf niet mochten zien. Je houdt nooit eens rekening met mij. Het is bij jou altijd ik, ik, ik. Nu wil ík niet meer.'

Zo'n verhaal hield hij anders nooit. Zelf kon ze niet meer dan 'Nee, Bart, nee!' stamelen.

'Ja...'

'Dat kan ik er niet bij hebben...'

'Zie je wel,' hij glimlachte triest, 'altijd aan jezelf denken.'

'Maar... geef je me geen kans? Waarom heb je dit niet eerder gezegd? Ik zal mijn leven beteren, echt!'

'Ik héb het eerder gezegd. Ik wil niet meer.'

Ze greep zijn hand, maar hij rukte die weer los. 'Bart, alsjeblieft!'

'Ik geloof niet dat jij je anders kunt gedragen.'

'Ik kan het toch proberen!'

Bart zweeg. 'Ik geloof dat niet zo, Iris,' zei hij uiteindelijk. Hij draaide zijn lege bierglas in het rond.

'Zal ik nog een biertje voor je halen?' bood Iris aan.

Ze wankelde naar de tap. Op de een of andere manier had ze geweten dat Bart dit ooit tegen haar zou zeggen. Loser die ze was.

Toen ze terug was met de biertjes, was Bart verdwenen.

Verdomme, weer iemand die haar liet barsten. Ze dronk in snel tempo beide glazen leeg. Daarna ging ze op zoek naar Ilona. Waar kon ze haar vinden in deze mensenmassa? Het licht dat haar van alle kanten in de ogen scheen en de rook die weer eens de dansende menigte omhulde, maakten het zoeken onmogelijk. Ze ging op het podium kijken, maar daar was niemand. Ze ging terug naar het café, maar daar was Ilona ook niet. Ze kocht nog een biertje in een poging de pijn het zwijgen op te leggen en ging weer naar de dansvloer. Ze mengde zich tussen de anderen en danste met haar verdriet. Ze bewoog als vanzelf en liet zich meeslepen door het ritme. Ze voelde zich licht in haar hoofd en zwaar in haar benen. Fuck Bart! Goed dat ze van die gozer af was.

Daar waren de handen van Ferry weer. Hij trok haar mee en ze dansten samen. Ferry brulde in haar oor: 'Waar was je? We waren je kwijt!'

Iris wees in de richting van het café.

Later sloeg hij zijn armen om het middel van een meisje met lang donker haar en waren Ilona, Tosca en Stephanie er weer. Met nieuwe biertjes. Gelukkig was er bier. Met hen danste ze tot het einde van de avond. Ze zei niks over Bart. Ze moest geen woorden meer aan die gast vuil maken.

Het werd één uur, de muziek zweeg, ze moesten naar huis. Junior was al vertrokken. Ze liepen naar het podium, waar hun jassen lagen. Daar stond Ferry, die het donkerharige meisje zoende. Iris zag hen en begon opgewonden over het optreden te praten. Ze praatte aan één stuk door tot Tosca opmerkte: 'Ik heb altijd al geweten dat jij niet tegen drank kon.'

Dat had ze niet moeten zeggen. Iris deed een paar passen in haar richting en trok aan Tosca's haar.

Die gilde: 'Bitch, hou je poten thuis!'

Iris liet zich niet uitschelden, maar voor ze iets kon doen, had Tosca Iris' arm vast. Ferry kwam op het tumult af en zei dat ze maar vast moesten gaan, ze hoefden niet op hem te wachten.

'Jij moest ook om half twee thuis zijn!' zei Stephanie.

'Komt goed,' antwoordde Ferry kalm.

Iris moest hier vreselijk om lachen, waarop Ilona haar resoluut bij de arm pakte en naar buiten leidde. Het lopen ging wat onwennig.

'Kan je zelf fietsen?' vroeg Ilona. 'Of wil je achterop?'

'Nee, ik fiets zelf, wat denk je nou?' zei Iris verontwaardigd. Ze liet een boer, stapte op haar fiets en slingerde het donkere schoolplein over.

17

Iris deed haar ogen open en onmiddellijk weer dicht. Vandaag kon ze het daglicht niet goed hebben. Ze gluurde voorzichtig door haar wimpers en constateerde dat ze de gordijnen vergeten had dicht te doen.

Getver, ze had een gore smaak in haar mond. Ze draaide zich om en trok het kussen over haar hoofd. Ze wilde verder slapen... Er was iets waarom ze maar beter in bed kon blijven liggen. Ze dommelde nog wat en was ineens klaarwakker. Ze wist het weer. Nee... Hoe kon ze dat nou vergeten zijn?

Bart had het uitgemaakt.

Ze moest plassen. Heel nodig. Langzaam kwam ze overeind, haar hoofd bonkte. Voorzichtig opende ze haar kamerdeur: er was niemand op de gang. Snel schoot ze de badkamer in, ging naar de wc en dronk twee glazen water. Daarna dook ze haar bed weer in, maar slapen kon ze niet meer. Fuck, Bart! Nog steeds die vieze smaak in haar mond. Misschien kon ze beter eerst douchen en dan een kop koffie...

Alles ging moeizaam. Ze hield haar hoofd zo stil mogelijk en liet beurtelings koud en warm water over haar lijf lopen. Daar knapte ze wat van op. Nou nog koffie.

Het was stil beneden. Iris was blij dat de hele club daar niet zat, ze kon dat nu niet hebben. Met een kop sterke koffie ging ze op de bank zitten en dacht aan Bart, de klootzak!

'Hoi, Iris!' Daar was een veel te opgewekte Ilona. Iris hoorde hoe ze de waterkoker met water vulde. 'Wil je ook thee?'

'Nee, koffie alsjeblieft!'

Met een beker thee en nieuwe koffie voor Iris kwam Ilona op de bank zitten.

'Beetje brak?' vroeg ze meelevend. Of was het spottend bedoeld?

Iris zat in tweestrijd. Wel vertellen of niet vertellen? Of zou ze naar Senna gaan? Maar dan moest ze op de fiets. Het idee op de bank te kunnen blijven zitten sprak haar altijd meer aan als ze een kater had.

'Hebben we het nog leuk gehad, gisteravond?' vroeg ze.

'Ik heb een leuke avond gehad. Jij ook, jij moest steeds lachen.'

'Hm, er viel anders niet veel te lachen.'

'Hoezo?'

'Bart heeft het uitgemaakt.'

'Jeetje, Iris, wat erg. Ik had al zo'n idee, maar je zei er niks over. O, wat vind ik dat rot voor je.'

Iris produceerde een soort snik en Ilona sloeg een arm om haar heen. 'Waarom?'

Iris vertelde wat Bart gezegd had.

Op dat moment kwam ook Stephanie binnen. Moesten die meiden allemaal uitgerekend nú opstaan?

'Goeiemiddag! Hebben jullie het overleefd?' galmde Stephanie vrolijk.

'Hou op!' zei Ilona. 'Iris' verkering is uit.'

'Och, onze reddende engel…'

Iris stond op en griste haar sigaretten mee naar buiten. Ilona, die niet rookte, liep toch met haar mee. Ze vroeg: 'Was hij boos vanwege Ferry?'

'Ook wel een beetje, geloof ik.' Iris blies eerst de rook uit voor ze verderging. 'Misschien heb ik moeilijk gedaan, maar dat is nog geen reden om me te dumpen.'

'Praat er vandaag of morgen nog eens over. Misschien dat hij nu wat rustiger is. Zeg dat je spijt hebt van je gedrag en dat je zult veranderen,' zei Ilona.

'Heeft geen zin.'

'Waarom niet?'

'Heb ik gister ook al gezegd. Maar hij was niet om te praten.'

'Misschien draait hij nog wel bij.'

'Denk je?'

'Ik ken Bart niet zo goed. Maar ik weet hoe je je voelt. Toen met Ferry...'

'O ja, dat zou je nog vertellen,' zei Iris weinig enthousiast.

'Ik heb maar heel kort iets met hem gehad. Ik zat hier al een tijd toen Ferry kwam. Man, wat vond ik hem een stuk. Ik was direct smoor op hem. Maar er zijn altijd meer meiden die dat vinden en Ferry kan nooit lang één vriendin hebben, zegt hij. Dus op een goede dag was het over van zijn kant en dat was het dan. Ik was er kapot van. Wees blij dat Bart ergens anders woont. Ik liep Ferry de hele dag tegen het lijf.'

Mmm. Schrale troost. Toch deed het haar goed dat een ander ook afgewezen kon worden.

'Toen Stephanie en Tosca hier kwamen, heeft hij het ook met Stephanie aangelegd. Of liever, Stephanie met hem. Ze kan het nog steeds niet goed hebben als hij weer een nieuwe vlam heeft.'

Stephanie kwam even later ook de tuin in gelopen met broodjes en koffie en thee. 'We zullen je maar eens goed verwennen,' zei ze.

En in de warmte van de zon kletsten ze nog een tijd over het optreden en over jongens.

18

Iris hing onderuitgezakt op de bank van het vakantiehuisje. Het was stralend weer, ze had de gordijnen dichtgetrokken om de warmte tegen te houden. De anderen waren de hort op, ze was vergeten waar ze naartoe waren: de Sahara oversteken of de Mount Everest beklimmen, of nog wat anders, in ieder geval had ze geen zin gehad om mee te gaan.

Vol goede moed was ze aan deze vakantie begonnen, maar jemig, wat was dit een stomme vertoning. Zo dicht op elkaars lip en dan samen dit doen en samen dat doen. Twee weken lang. Maar ja, thuisblijven was ook geen optie, want Senna zat met haar ouders in Spanje en ook haar klasgenoten waren wel ergens op vakantie of aan het werk. Haar goede moed was algauw op.

Had ze nog maar wat langer kunnen werken... Die eerste ochtenden was ze met tegenzin om kwart over zeven opgestaan, en met de slaap nog in de ogen naar het verzorgingstehuis gefietst. Ze was het lichamelijke werk niet gewend en ze vond het saai. Het rook vaak zo zurig op de kamers en het vaste personeel keek neer op de vakantiehulpen. Ze moest kamers schoonmaken, gangen dweilen, helpen bij het koffie schenken, eten rondbrengen. Als ze 's avonds thuiskwam, had ze zere voeten van het vele lopen.

Maar algauw ontdekte ze dat het harde werken een heerlijke afleiding van haar verloren verkering was. Bovendien hoefde ze bij al die oude mensen niet stoer te doen. Tot haar verbazing was ze het leuk gaan vinden. Ze nam de tijd om een praatje te maken met de bewoners en dat vonden ze fijn. Ze kreeg tenminste steeds te horen dat 'de meisjes' zo weinig tijd voor hen hadden. Zo noemden zij het personeel, ook al liepen er een paar mannelijke verzorgers rond.

Het had Iris goed gedaan en als ze weer eens een bonbon toegestopt kreeg, had ze zich bijna vrolijk gevoeld. Bijna, want het verdriet om Bart bleef knagen. Ze had hem nog een keer opgebeld, maar hij had het kort gehouden: hij wilde haar voorlopig niet zien en misschien konden ze aan het eind van de vakantie weer iets afspreken. Ondanks haar smeekbede had hij voet bij stuk gehouden. Ilona leefde met haar mee en 's avonds had Iris vaak bij haar op de kamer gezeten. Zelfs met Stephanie en Tosca had ze de afgelopen weken minder ruziegemaakt. Op een avond had ze van Wubbe een complimentje gekregen dat ze zich zo prettig gedroeg. Nou, dan was het uitraken van je verkering toch nog ergens goed voor!

Het was ook Ilona geweest die Iris had gestimuleerd haar Duits te gaan leren. Iris wilde het uitstellen – tijd genoeg immers – maar Ilona had haar overgehaald toch alvast wat te doen 's avonds. En om Ilona een plezier te doen was ze ook tijdens diens vakantie bezig geweest met leren.

Toen Ilona met haar tante weg was, had Iris haar meer gemist dan ze wilde toegeven. Want al maakte ze minder ruzie met Stephanie en Tosca, dikke vriendinnen zouden ze nooit worden.

Maar om nou met de hele club op vakantie te gaan, was wel wat anders dan in het leefgroephuis! De dierentuin, een klimwand, het museum voor Beeld en Geluid... Hoe verzonnen ze het! Als het maar even kon, bleef ze thuis. Nu zat ze zich te vervelen in een of ander stom bungalowpark. Ze deelde een slaapkamer met Ilona. Die was enthousiast uit Turkije teruggekomen en had nog dagenlang over haar reis gepraat. Zij was veel sneller uitgepraat over haar vakantiewerk.

Iris kwam overeind en schonk zichzelf een cola met ijs in. Wat zou ze eens gaan doen? Ze bladerde in de tv-gids en keek of er iets leuks op tv kwam, maar het was nog te vroeg.

Ze overleefde door het vooruitzicht van de avond. Er waren zat films op het filmkanaal en daarna gingen ze meestal naar de disco, waar de leiding tenminste niet zag hoeveel je dronk. Een enkele avond deden ze spelletjes: Risk en Monopoly en Party & Co. Niet haar grootste hobby, maar je kon wel de slappe lach krijgen.

Maar overdag was het hier dodelijk saai. Als ze niet met elkaar weg waren, ging Ilona naar de tennisbaan, en huurden Ferry en Stephanie een surfplank, maar zij kon dat allemaal niet en het leek haar niet leuk ook. Wat Junior en Tosca dan deden, wist ze niet en het interesseerde haar ook niet. Ze lag een beetje te zonnen bij het zwembad en dook af en toe het water in om af te koelen en dat was het dan. Het was te warm om Duits te leren. Gelukkig was het mooi weer, anders was het nóg erger hier, maar het kostte haar veel moeite zelf ook mooi weer te spelen…

Goed, dan maar weer naar het zwembad. Iris liep naar de slaapkamer, waar ze haar badpak zocht. Op Ilona's bed lag een boek, Iris pakte het op en las de achterkant. Ach, ze had ook geen zin in zwemmen. Ze mocht vast Ilona's boek wel even lenen, het leek haar wel spannend. Ze installeerde zich met een nieuw glas cola in de schaduw op het terras en ging lezen.

Om een uur of twee kwam de rest terug. Ze praatten opgewonden over hun ervaringen met de klimwand. Ze hadden honger en verslonden stapels boterhammen. Daarna maakten ze plannen voor die middag. Ilona vroeg wat Iris van plan was.

'Niks. Ik weet niet. Ik ben jouw boek aan het lezen,' antwoordde Iris.

Op dat moment werd Ilona kwaad. Ilona, die altijd rustig en beheerst was, barstte uit: 'Wat ben jij nou voor een verwend kreng? Het is altijd: ik weet het niet, ik ga niet mee of ik heb geen zin. Je doet helemaal je best niet om het leuk te hebben. Bart heeft helemaal gelijk dat hij niet met zo'n egoïstisch monster wil omgaan. Je moet vooral niet denken dat je de enige bent die het moeilijk heeft en je moet nou eens een keer ophouden met dat onuitstaanbare gedoe, want ik pik het niet langer!'

Niet alleen Iris, ook de rest keek verbaasd naar de schreeuwende Ilona. Dit was nieuw. Zo onverwacht als ze begonnen was, hield ze op. Ferry applaudisseerde, Stephanie en Tosca zeiden in koor: 'Goed zo, Ilona! Zet hem op!' Alsof ze zelf ook verbaasd was, keek Ilona even rond, zuchtte eens en liep de kamer uit.

Iris was ook opgestaan en met haar sigaretten in de hand stoof ze het huisje uit. Ze ging het terrein af en liep het kale, uitgestrekte polderlandschap in. Haar mobiel ging af, maar ze drukte hem uit.

Ze liep en ze liep. Het leek wel of er geen eind kwam aan de lange, rechte wegen. Het zweet drupte van haar voorhoofd en ze had een droge strot. Shit, ze had geen water meegenomen. Bij een T-kruising moest ze een beslissing nemen: rechtsaf of linksaf. Ze ging in de berm zitten en dacht na.

Ze moest helemaal niet rechts of links, ze moest terug! Ze moest haar excuses aanbieden. Ilona had gelijk, nou gedroeg ze zich toch weer onmogelijk. Waarom kon ze dat niet ombuigen?!

Aan de overkant van de weg stak ze haar duim op en al-gauw stopte er een auto. Ze liftte terug en rende naar het huisje, maar er was niemand thuis. Ze dronk drie glazen water en liep daarna het terrein over, keek bij de tennisbaan en bij het zwembad, maar ook daar was niemand. Ze ging terug en besloot dat ze zich best nuttig kon maken tijdens het wachten. Na de afwas begon ze met stofzuigen. Ze schrok op toen Joanne ineens voor haar neus stond. Nog voor die wat kon zeggen, zei Iris: 'Waar is Ilona?'

'Ilona is boodschappen gaan doen, ze zal zo wel terugkomen. Ben je afgekoeld?'

Iris grijnsde. Het zweet liep in straaltjes over haar rug. 'Waarom vind ik het zo moeilijk om normaal te doen?'

Joanne haalde haar schouders op. 'Wat is normaal?'

'Sociaal dan? Jullie kunnen er met z'n allen niets aan doen dat het in mijn leven een puinhoop is.'

'Dat is al heel mooi, dat je dat inziet! En weet je... Je kúnt best even vakantie nemen van je problemen, hoor.'

Daar was Iris niet zo zeker van, maar toch zei ze: 'Ik zal het proberen, oké?'

Joanne knikte tevreden. 'Hé, ik heb zin in ijs! Jij ook?

'Lekker! Ik ga wel halen.'

'Misschien kom je Ilona nog tegen in de winkel. Ik wil graag zo'n hoorn.'

Iris zette de stofzuiger in de kast en vertrok naar het centrum van het park: supermarktje, snackbar, restaurant, discotheek, bowlingbaan en een kantine bij elkaar. Door de open deur van de winkel zag ze Ilona bij de kassa staan. Iris liep erheen en vroeg of ze ook ijs wilde. Met haar boodschappen verscheen Ilona even later bij de snackbar.

'Sorry,' zei Iris, terwijl ze Ilona haar ijsje gaf.

'Dank je.'

'Ik zal mijn leven beteren.'

'Echt?'

'Echt.'

'Lekker ijs.'

'Ik heb je nog nooit eerder kwaad gezien, zeg,' zei Iris.

'Maak je dat ook eens mee. En zeg nou eens wat jij leuk vindt om te doen?'

'Amsterdam?'

'Mmm, een dagje Amsterdam, dat kan best van hieruit. Lijkt mij ook wel wat.'

'Joannes ijs smelt,' zei Iris. 'Kom op, even tempo maken!'

19

De tweede vakantieweek ging sneller voorbij. Ondanks het weer dat veel minder was, had Iris het best naar haar zin. Samen met Ilona en Stephanie ging ze een dagje naar Amsterdam, absoluut het hoogtepunt van de vakantie. In de disco op het terrein hadden ze een stel jongens leren kennen die ook een huisje hadden in het bungalowpark. Van hen leerde Iris poolen. Rond de pooltafel – en met bier en sigaretten en de slappe lach – kwam ze de dagen wel door. Ze vond zelfs de rust 's middags haar Duitse boek even open te slaan.

Met afschuw zag Iris de laatste zaterdag naderen: ze moesten naar huis en daarna, op maandag, wachtte haar herexamen Duits. Ze had nog één dag om te leren.

Begin van de middag waren ze thuis. Thuis? dacht Iris terwijl ze rondkeek in de kamer die van haar was. Is dit thuis? En nu moest ze leren? Ze had nog even geen zin. Met de plechtige belofte aan zichzelf morgen echt de hele dag Duits te gaan doen, vroeg ze of Ilona meeging de stad in. Gearmd liepen ze door de drukke winkelstraat met aan het einde de Hema. In Amsterdam had Iris eindelijk haar mislukte avontuur bij de Hema opgebiecht en samen hadden ze erom gelachen.

Ze liepen naar binnen en snuffelden bij de make-up.

Ilona bekeek de oogschaduw. 'Welke kleur wil je?'

'Wat? Waarvan?' vroeg Iris.

'Oogschaduw. Of heb je nieuwe lippenstift nodig? Of misschien een leuk sjaaltje?' antwoordde Ilona.

'Ga je...?'

'Sst, doe gewoon. En ga vooral niet zo opvallend om je heen kijken.'

Iris richtte haar blik weer op de oogschaduw. 'Doe maar bruin.'

'Ik zie je buiten.'

Die Ilona! Iris drentelde wat heen en weer en nam van alles in haar hand. Ze bekeek het en legde het weer terug. Ze bleef treuzelen bij de sjaaltjes en zag dat een verkoopster argwanend naar haar keek. Maakt niet uit. Let maar op mij! Voor een kleine spiegel hield ze de sjaaltjes voor haar gezicht. Vanuit haar ooghoek zag ze dat Ilona naar buiten liep. Iris hing alle sjaaltjes terug en zei bij het passeren tegen de verkoopster: 'Ik kan maar niet beslissen. Ik denk er nog even over na.'

Ilona liep richting Grote Markt en even verderop haalde Iris haar in. Ilona stak haar arm door die van Iris en opende haar hand. Daar lag een doosje oogschaduw met drie kleuren: roze, rood en bruin.

'Voor jou.' Ilona greep met haar andere arm in haar jaszak en haalde een paar oogpotloden tevoorschijn. 'Kun je hier ook nog wat van gebruiken?' Daarna had ze een panty in haar hand: 'Wat vind je van deze?'

Iris keek haar bewonderend aan. Ilona grijnsde. 'Ik heb nu wat geld uitgespaard, dus ik trakteer. Op naar een terras!' zei ze.

Het viel niet mee om vrije stoelen te vinden, want de terrassen op de Grote Markt waren aardig bezet. Overal om hen heen klonken andere talen.

'De vakantietijd is nog niet om,' zei Ilona nadat ze in haar beste Duits aan een paar jongelui gevraagd had of de lege stoel aan hun tafeltje vrij was. Ze schoof de stoel naast die van Iris. 'Jij had dat moeten vragen!' zei ze. 'Dat was een goede oefening voor je geweest.'

Iris stak haar tong uit. 'Hou op over dat Duits,' smeekte ze. 'Vertel me liever wat je wilt drinken.'

Ze hadden nog maar net de bestelde cola's voor zich, toen Bart ineens voor hen stond.

'Hoi Iris, hoi Ilona,' zei hij.

'Bart!' zei Iris verbaasd. Verder wist ze zo gauw niets te zeggen.

Ilona begroette Bart ook en nodigde hem uit bij hen aan het tafeltje te komen zitten. Bart keek vragend naar Iris.

'Ja, natuurlijk, ga zitten,' zei ze.

Bart pakte bij een andere tafel een stoel vandaan en zette die naast Iris.

'Zo,' zei hij, 'jullie zien er goed uit, zeg. Goeie vakantie gehad?'

Bart was net terug uit Noorwegen en vertelde enthousiast over zijn vakantie daar. Iris luisterde en keek naar hem. Wat vreemd dat hij nu zomaar weer naast haar zat. Vreemd, maar toch ook vertrouwd, alsof ze hier gisteren of vorige week nog hadden gezeten. Stiekem streek ze heel licht met haar vingers over zijn spijkerbroek.

Ilona vertelde over hun vakantie en Iris onderbrak haar steeds om het verhaal aan te vullen.

Bart bestelde nog een rondje cola. Hij leek niet van plan al op te stappen. Iris vond het best. Ze was eigenlijk best blij dat ze hem weer zag.

Even later kondigde Ilona aan dat ze nog een paar boodschappen moest doen. 'Blijf maar zitten hoor, Iris,' zei ze. 'Kletsen jullie nog maar wat. Ik zie je thuis wel. Dag, Bart.'

'Je draagt geen zwart,' was het eerste wat Bart opmerkte toen Ilona weg was.

'Nee. Niet meer. Vind je het leuk?'

'Ja, hartstikke leuk.'

'Ik had er ineens genoeg van, van al dat zwart. Van mijn zelf verdiende geld heb ik nieuwe kleren gekocht.'

'Staat je goed! Je ziet er heel anders uit zo.' Waarderend keek hij naar haar. Of leek dat maar zo? 'Hoe was je vakantiewerk?'

Iris liet hem eerst haar nieuwe smartphone zien en vertelde daarna over het werk, en zo kletsten ze een tijdje. Goh, wat een stuk was hij toch. Die krullen, die ogen, zoals hij lachte... Iris moest zich bedwingen om hem niet aan te raken. Zijn gezicht, zijn hals, zijn handen: ze waren zo vertrouwd en de verleiding om ze even aan te raken was groot. Ze kenden elkaar zo goed en daarom leek zo'n gebaar zo gewoon, maar het was verboden terrein. Bart was niet meer van haar. Ze waren vreemden geworden, heel verwarrend.

Bart leek haar nu niet af te wijzen. Wat voelde hij? Iris speurde op zijn gezicht en in zijn woorden naar wat hij nog voor haar voelde. Ze durfde er niet over te beginnen. De Iris die nooit een blad voor haar mond nam, was nu te verlegen!

Na een poos stond hij op. 'Ik moet ervandoor. Mag ik een keer bij je langskomen?' Hij drukte een kus op haar wang.

'Ja, dat is goed,' zei Iris.

Was hij nou al weg? Die kus... Nog eens langskomen... Zoals hij daarbij gekeken had... Ze kreeg een raar gevoel in haar buik, helemaal in de war. Dat hij haar zó van haar stuk kon brengen. Zij, met al haar irritaties en twijfels van voor de vakantie, wilde nu maar één ding: zijn armen om haar heen. Langzaam fietste ze naar huis. Bij het kanaal stapte ze af en starend in het water herhaalde ze in gedachten alle beelden en alle woorden. Bart...

Op haar kamer lagen haar boeken van Duits. Iris schoof ze aan de kant en liet zich in de zwarte stoel vallen. Bart...

20

Met een zucht sloot Iris de deur van het lokaal achter zich. Ze was als een van de eersten klaar. Ze had het verknald, dit kon nooit een voldoende zijn. Het was echt veel te moeilijk.

Door het glas naast de deur keek ze het lokaal in. Daar zaten haar lotgenoten, zwoegend op hun herexamen, in de hoop dat ze alsnog over zouden gaan. Voor haar was het voorbij. Morgen zou ze de uitslag weten, morgenvroeg zou ze gebeld worden. Dan zou ze horen of ze later op de ochtend haar boeken voor 5-havo op moest halen, of voor 4-havo… Snel liep ze naar buiten. De gangen waren nog leeg, er waren verder alleen maar leraren op school. Morgen kwamen de leerlingen pas en daarom heerste er een merkwaardige stilte. Had ze gisteren nou maar wat meer gedaan. Maar ze had de hele dag Bart in haar hoofd en – hóp – weg concentratie. Ze kon niets onthouden, haar hoofd was gewoon een fokking zeef. Ze verwenste zichzelf, ze schold op Bart, maar het hielp niets. Of had ze in de vakantie nou maar meer gedaan… Ze had het vast verkloot.

Tot haar grote verrassing zat Bart in de woonkamer van het leefgroephuis op haar te wachten. Toen ze hem zag, kon zich niet meer inhouden en barstte in tranen uit. Onmiddellijk sloeg hij zijn armen om haar heen en Joanne en Junior slopen de kamer uit. Bart loodste Iris naar de bank en streelde haar haren en haar gezicht. Iris drukte zich dicht tegen hem aan en ineens voelde ze zijn lippen op die van haar.

Ze opende haar mond en zoende terug, aarzelend eerst, maar daarna heftig, alsof ze een heleboel in moest halen. Uiteindelijk liet ze hem los: 'Wat doen we nou?'

'Zoenen!' antwoordde Bart en hij zoende haar opnieuw.

Overal voelde Iris zijn strelende handen.

'Het is allemaal mijn eigen schuld,' zei Iris, terwijl ze zich losmaakte uit zijn omhelzing.

'Wat?' vroeg Bart.

'Dat je bent weggegaan en dat ik mijn her niet heb gehaald.'

'Heb je het echt zo slecht gemaakt?'

'Ja. En ik heb me onuitstaanbaar gedragen, ik weet het wel…'

Bart pakte Iris' handen vast en zei zacht: 'Ik heb je gemist. Ik dacht dat ik beter af was zonder jou, maar toen ik je weer zag, zaterdag… Ik wist ineens weer hoeveel je voor me betekende en ik weet nou ook dat ik niet zonder je wil.'

'Echt?'

'In Noorwegen heb ik je heel erg gemist. Ik kon gewoon geen lol maken in mijn vakantie. Je was ver weg, echt ver weg. Het was ook mijn schuld hoor, dat het misging tussen ons. Ik zat je steeds zo op je nek.'

'Nee, Bart, je had gelijk, toen op dat feest. Ik ben vreselijk egoïstisch bezig geweest. Daar ben ik inmiddels wel achter gekomen. Door jou.'

Iris zoende hem.

'En door Ilona.' Ze vertelde hem over Ilona's uitbarsting in de vakantie.

'Lieve, lieve Iris,' zei Bart, 'ik was zo blij dat ik je zag op de Grote Markt. Ik was zo aan het twijfelen of ik naar je toe moest gaan. En je keek me zo aan…' Hij gleed met zijn vingers over haar oogleden, haar wimpers, haar wenkbrauwen, '... met die mooie ogen van je.'

Iris sprong van de bank. Ze trok hem overeind. 'Kom, ga je mee naar boven? Ik wil je!'

De volgende morgen wachtte Iris zenuwachtig bij de vaste telefoon. Ze zou gebeld worden over de uitslag van het herexamen. Ze was zenuwachtig, maar... ze had Bart terug! Dat was veel belangrijker!

Ze wilde het weer proberen met hem. Hij wilde haar terug. Daar was ze heel blij om, dat hij haar weer helemaal zag zitten. Ze had hem toch ook gemist, compleet met zijn bemoeizucht. En ze was weer verliefd. Ze viel nou eenmaal op zijn knappe uiterlijk. Ze zouden het anders gaan doen, beter. Zij zou meer rekening houden met hem en hij zou zich minder met haar bemoeien.

Ze hadden lekker gesekst en Bart was de rest van de dag bij haar gebleven, wat bij wijze van uitzondering mocht van Joanne. Toen Ilona uit school kwam, was ze haar direct om de hals gevallen en had ze haar meegetroond naar de kamer, waar Bart zat. Ilona begreep onmiddellijk hoe de vork in de steel zat en was blij voor haar.

Tussen negen en tien uur zou ze gebeld worden door de schoolleider van 4-havo. Naarmate het uur vorderde, werd ze nerveuzer. Om vijf voor tien rinkelde eindelijk de telefoon.

Gelaten hoorde ze het nieuws aan. Ze had een vijf en dus was ze blijven zitten. Ze moest om één uur op school zijn om haar lesrooster voor 4-havo op te halen.

Iris verbrak de verbinding. Ze moest een paar maal slikken. K.U.T. Blijven zitten. Nog een keer 4-havo. Zonder Senna dit jaar.

Ze voelde een hand op haar schouder. Dat was Joanne.

'Wat rot voor je, Iris.'

Het was natuurlijk goed bedoeld, maar Iris sloeg Joannes hand weg en stampte naar boven.

Op haar kamer zette ze keihard muziek aan en daarna liet ze zich in de zwarte stoel vallen. Ze herhaalde verschillende keren alle scheldwoorden die ze kende. Daarna stak ze een sigaret op – fuck de regels! – en rookte en schold en luisterde muziek en rookte en schold en rookte en luisterde muziek...

Ze zag dat Bart zes sms'jes had gestuurd. Ze antwoordde kort met het slechte nieuws. Toen het tijd werd om naar school te gaan, was ze gekalmeerd. Ze waste haar gezicht, trok iets zwarts aan en maakte zich opnieuw op, lekker heftig.

Beneden was Joanne. Die trok haar wenkbrauwen even op, maar zei niets.

'Ik ga,' zei Iris.

'Sterkte dan maar.'

Zo ging ze naar school, opnieuw op weg naar 4-havo.

Er waren meer mensen blijven zitten en Iris sloot zich bij hen aan. Ze miste Senna nu al, die moest een uur later haar lesrooster halen. Bart en Senna allebei in de examenklas en zij hier, bij deze ukkies. Samen met de andere zittenblijvers becommentarieerde ze haar nieuwe klasgenoten. Ze voelden zich jaren ouder.

Met haar nieuwe lesrooster in haar rugzak wachtte ze rokend op het plein op Senna. Ze wilde de stad in, shoppen en daarna de teleurstelling wegspoelen met bier.

Toen Iris tegen etenstijd thuiskwam, trof ze een stralende Ilona.

'Iris, je raadt het nooit!' zei Ilona.

Iris was niet erg in de stemming voor raadsels.

'Er komt een kamer vrij! Per 1 september heb ik eindelijk mijn eigen kamer! Is het niet geweldig?'

Dat kwam aan als een keiharde stomp in haar maag. Het kon niet op, vandaag.

Ilona had het er al eerder over gehad. Ze had zich opgegeven voor een begeleid-op-kamers-wonen-project en wachtte al een poos op een kamer die vrijkwam. De leiding had erin toegestemd dat ze zelfstandig zou gaan wonen. Bij dit project stond ze er niet helemaal alleen voor, maar kon ze terugvallen op een volwassene die van tijd tot tijd aanwezig was. Er waren in de stad diverse huizen die onder dit project vielen en per huis waren drie of vier kamers, waar je zelfstandig woonde en je eigen huishouden draaiende moest houden.

Ilona pakte Iris bij haar armen beet. 'Fijn hè?' vroeg ze.

Iris keek haar aan.

Ze had Bart terug, maar ze was blijven zitten in 4-havo en Ilona ging weg. Dat was de balans van de afgelopen dagen. Fijn voor Ilona, maar zij vond het vreselijk. Weer iemand die haar in de steek liet.

'Iris?' vroeg Ilona. 'Wat is er?'

'Niks,' zei Iris koel. 'Leuk voor je.' Ze verdween naar haar kamer.

21

De lessen waren weer begonnen en Iris had doorlopend een rothumeur. Ze mopperde op alles wat op haar weg kwam. Haar lesrooster was fokking slecht, de leraren waardeloos, de lessen dodelijk saai en het leven in het leefgroephuis niet te harden. En Bart? Bart verdedigde Ilona door te zeggen dat ze het volste recht had om op kamers te gaan wonen. Verder was hij wel oké, zolang ze maar niet over Ilona praatten, hoewel Iris moest erkennen dat langzamerhand de oude twijfels weer de kop opstaken. Hij vond er wat van als ze dronk en hij zei er wat van als ze tegen de huisregels inging. Daar had hij zich niet mee te bemoeien, dat hadden ze afgesproken. Dat ze weer regelmatig gestraft werd voor haar 'overtredingen', nam ze op de koop toe. Dat was haar manier van overleven.

Soms voelde ze zich een klein, onzeker meisje. Dan miste ze haar moeder en kroop ze weg bij Bart. Ze hield haar tanden op elkaar, want Bart zou zeker zeggen dat ze dan maar naar Leonie toe moest gaan. Ze was nog niet zover.

Tegen Ilona deed ze koel. Ze zag dat Ilona het niet begreep, maar ze kon niet gewoon doen nu ze wist dat Ilona weg zou gaan. En al snel ook. Ilona was druk bezig met inpakken en verhuizen. Met tranen in haar ogen en een geforceerde glimlach op haar lippen zei Iris haar gedag. Ilona liet een leegte achter.

Haar kamer bleef niet leeg. De nieuwe bewoner heette

Thijs, hij was een jaar ouder dan Iris. Een week had hij bij hen gelogeerd, zoals Iris ook had gedaan, en nu kwam hij, drie dagen nadat Ilona weg was, definitief naar de leefgroep.

Hij was op zijn kamer bezig toen Iris uit school kwam. Ze ging niet kijken, ze ging niet vragen hoe het met hem was. Ze wilde niks met hem te maken hebben. Ilona was weg en hij kon niet zomaar haar plaats innemen, ook al woonde hij op haar kamer, tegenover die van Iris.

Maar juist daarom liep ze hem voortdurend tegen het lijf.

'Iris, weet jij waar ik een hamer kan vinden?'

'Hé, weet jij waar Donald is?'

'Iris, hoe laat eten we ook alweer?'

Hij gedroeg zich nogal onverschillig en zocht het gezelschap van de anderen niet op. Stephanie en Tosca moesten algauw hun toenaderingspogingen opgeven, want hij ging zijn eigen weg en zat aldoor op zijn kamer.

Iets in hem intrigeerde Iris. Waren het zijn mooie bruine ogen? Of het dikke blonde haar, dat altijd voor zijn gezicht hing? Zijn nonchalante houding of die wazige blik? Tenminste, hij staarde altijd zo.

Tot haar ergernis bleef hij haar bezighouden. Wat deed hij? Waar was hij? Waar dacht hij aan?

Op een dag, hij woonde toen zo'n twee weken bij hen, stond hij onverwacht in haar kamer. Iris schrok op en begon gewoontegetrouw met schelden.

'Kun jij wel gewoon praten?' vroeg hij. 'Ik hoor je altijd alleen maar schelden.'

Iris keek hem getroffen aan. Ze realiseerde zich ineens dat hij gelijk had. Iris keek naar Thijs en zijn bruine ogen keken haar nu echt aan. Hij glimlachte, zijn gezicht werd vriendelijk. 'Mijn sigaretten zijn op. Mag ik er een van jou bietsen?'

'Tuurlijk.' Iris gooide hem haar pakje toe. Met een sigaret in zijn hand bleef Thijs bij de deur staan treuzelen.

'Pink!' zei hij, kijkend naar de poster boven haar bed. Algauw hadden ze een levendig gesprek over popmuziek, hun onaangestoken sigaretten nog altijd in de hand.

'Kom, we gaan buiten roken,' stelde Thijs voor en ze ging met hem mee naar het rookbankje in de tuin.

Sindsdien zaten ze daar vaker samen te kletsen, soms de lengte van de sigaret, soms wel een half uur of nog langer. En als het slecht weer was, rookten ze in het open raam van Iris' kamer, waarna hij vaak nog even in de zwarte stoel ging zitten.

En altijd als hij weg was, zag ze hem daar nog zitten.

In de groep deed hij tegen haar even onverschillig als tegen de anderen. En dat stak. Ze had iets met hem toch? Elke dag was ze met hem bezig: waar was hij? Wat deed hij? Wat had hij meegemaakt dat hij hier zat? Ze wilde die trieste blik in zijn ogen wel wegzoenen.

Ze schrok van zichzelf. Het leek wel of ze bezig was verliefd te worden. Dat wilde ze niet. Ze had Bart, maar vooral: ze wilde zich niet weer binden aan iemand die weg kon gaan. Was het hier niet net een soort hotel? Ferry ging ook weg over een paar weken. Mensen bleven een poos en gingen weer weg. Ze kon zich maar beter niet aan mensen hechten, dat had ze nou wel in de gaten.

Het werd een puinhoop vanbinnen. Elke dag vroeg ze zich af of ze er wel goed aan had gedaan weer met Bart te beginnen, ook al hield ze van hem. Had ze dat niet vooral gedaan omdat ze zich afgewezen voelde? Nu ze weer een paar weken met elkaar omgingen, begon hij opnieuw op haar zenuwen te werken. Het leek toch te veel op vroeger. Bart kon Thijs overigens niet uitstaan en hij liet dat duidelijk merken. Waar hij dat vandaan haalde, begreep ze niet en ze vond het knap vervelend.

En ze miste Ilona. Ze was een vriendin kwijt, want ze had het niet op kunnen brengen haar op te zoeken in haar nieuwe kamer.

Iris droomde regelmatig haar eenzame droom. Nachten achter elkaar werd ze zwetend wakker. Soms durfde ze nauwelijks te gaan slapen, bang voor weer dezelfde droom. Dan probeerde ze wakker te blijven door zittend op haar bed naar muziek te luisteren of tot diep in de nacht te gaan lezen. Uiteindelijk viel ze toch in slaap en moest ze gewekt worden door Joanne of Wubbe of wie er ook maar dienst had, want dan had ze de wekker niet gehoord. Ze lag dan verkleumd boven op haar dekbed.

Op school sliep ze verder. Het was haar al eens overkomen dat ze echt in slaap was gevallen onder de les en Senna, die ze nu alleen nog in de pauze zag, vroeg naar de wallen onder haar ogen. 'Wat is er, Iris?'

Iris keek Senna aan, wilde wat zeggen, maar in plaats daarvan ging ze vreselijk stotteren. Ze kwam niet uit haar woorden. Ze hapte snel naar lucht om de woorden te kunnen uitspreken en vanuit de verte hoorde ze Senna paniekerig zeggen: 'Rustig, Iris, rustig ademhalen. Niet zo snel, niet zo snel.' Iris wilde weglopen, maar ze werd op een stoel geduwd. Ze zag zwarte vlekken en sterretjes voor haar ogen, ze wilde Senna roepen, maar ze kon alleen maar heel snel ademhalen. Lucht! Lucht! Ze had het ineens zo benauwd.

Toen werd er een plastic zak voor haar gezicht gehouden en ze hoorde Senna weer zeggen: 'Rustig ademen, Iris, rustig. Niet zo snel. Hierin ademen, probeer met je buik te ademen, maar rustig aan.'

Dat hielp. Ze had weer lucht. Zwarte vlekken en sterretjes verdwenen en daarvoor in de plaats kwamen allemaal nieuwsgierige gezichten.

'Gaat het weer?' vroeg een van de leraren, die moest surveilleren in de kantine en die tussen de verzamelde leerlingen stond. Iris knikte.

Senna nam haar mee naar de toiletten en daar goot Iris plenzen koud water over haar gezicht.

'Tjee, Iris, je trok helemaal wit weg,' zei Senna.

Ze gingen samen in een hoek op de grond zitten. Hier konden ze rustig kletsen en Iris vertelde alles. Bart, Thijs, Ilona en uiteindelijk begon ze ook over Leonie.

De bel ging, maar ze bleven zitten. Senna had haar arm om Iris heen geslagen en zei voorzichtig: 'Je denkt dat iedereen jou in de steek laat. Jij bent daar zo geobsedeerd door dat je denkt dat iedereen jou dat flikt. Ik snap heus wel dat je zo lang boos op Leonie blijft, maar je moet niet alles interpreteren als weer-iemand-die-me-niet-hoeft. Ilona is alleen maar ergens anders gaan wonen, meer niet.'

Het klonk zo aannemelijk. Waarom kon ze dat zelf niet zo zien? Iris voelde zich al een stuk rustiger.

'Kom,' zei Senna, 'we gaan een te laat-briefje halen, dan gaan we toch nog maar naar de les.'

Ze gingen elk naar hun eigen lokaal. Vanaf de voorste bank in het lokaal staarde ze naar buiten en overwoog of ze naar Ilona zou gaan.

Gewoon doen, zou Senna zeggen. En dan niet uitstellen, maar direct na school erheen.

Dus belde ze 's middags aan bij Ilona.

Gelukkig was ze thuis. Ilona begon te gillen toen ze haar zag staan: 'Iiiirii-his, wat hartstikke fijn dat je bent gekomen!'

Gelukkig, ze was welkom. Ze liepen de trap op en Ilona ging haar voor naar haar kamer. 'Hier is het. Nou, hoe vind je hem?'

Het was een zonnige kamer. Het houtwerk was zalmroze geschilderd en het geheel maakte een lichte indruk. Iris liep naar het raam. De kamer lag aan de straatkant.

'Als je schuin naar links kijkt, zie je nog net het plantsoen,' zei Ilona trots, alsof ze het zelf zo had bedacht.

Iris boog zich naar links en zag de al geel wordende bladeren van de bomen.

'Mooi!' zei ze waarderend, terwijl ze de kamer rond liep en alles even aanraakte.

'Ik ga even naar de keuken, thee zetten,' zei Ilona. Iris liep achter haar aan. Ze kwamen in een grote keuken met een lange tafel in het midden. Op het aanrecht, dat langs twee wanden van de keuken liep, stonden twee gasstellen.

'Met hoeveel mensen wonen jullie hier?' vroeg Iris.

'Met z'n vieren. De keuken en de badkamer moeten we delen. Meestal eten we gezamenlijk, maar ik kook ook wel eens voor mezelf. Kom je een keer eten?'

Terug op Ilona's kamer vertelde ze over haar nieuwe leven. Het leek Iris wel wat, zoiets zou zij over een tijd ook wel willen.

'Wat ben ik blij dat je bent gekomen,' zei Ilona. 'Ik dacht dat je nooit meer kwam.'

Iris antwoordde zacht: 'En wat ben ik blij dat ik binnen mocht komen.'

'Natuurlijk, jij bent altijd welkom.'

'Ik weet niet of dat wel zo natuurlijk is. Ik ben een beet-

145

je blind geweest.' Iris vertelde wat er die morgen gebeurd was. 'Ik ging er gewoon van uit dat jij me ook niet meer wilde,' vervolgde ze. 'Iedereen gaat altijd bij me weg...'

Lachend schudde Ilona haar hoofd. 'Ik ging alleen maar bij het leefgroephuis weg. En Bart heb je weer terug!'

Iris zweeg. 'Ik weet niet,' zei ze na een poosje. En toen ineens ging ze op felle toon verder: 'Jeetje, Ilona, ik heb altijd gezegd dat het me niets kon schelen dat mijn vader is weggegaan. Dat is helemaal niet waar. Mijn ouders hebben me allebei verraden.' Haar ogen vulden zich alweer met tranen en Iris veegde ze snel weg. Maar Ilona kwam naast haar zitten. Voor de tweede keer vandaag was er een troostende arm om haar heen.

'Ik was zo pislink dat jij wegging...' snikte ze.

Ilona lachte. 'O Iris!' Ze drukte haar stevig tegen zich aan.

22

'Iris, kom binnen.'

Rens Broersma, haar leraar economie, nodigde Iris uit het lokaal binnen te komen. De voorste banken waren tegen elkaar aan geschoven en aan weerszijden stonden de stoelen. Hij wees ernaar, nam tegenover haar plaats en bladerde even in de map die voor hem lag.

'Zo Iris, zoals je weet, wil ik, omdat ik jouw mentor ben, in de loop van dit schooljaar af en toe eens van je horen hoe het gaat. Eerst maar even wat gegevens noteren. Ik weet al het een en ander over je, maar vertel me nu zelf maar eens...' Hij vroeg naar haar docenten, haar schoolloopbaan, haar thuissituatie, haar hobby's.

'Hoe is het gegaan, deze eerste schoolweken?' vroeg hij daarna.

'Mwah.'

'Leg eens uit?'

'Ik hoor alles voor de tweede keer, dus ik vind het heel erg saai.'

'Dat kan ik me wel voorstellen. En verder?'

Dat viel mee. Geen gezeur van 'had je maar beter op moeten letten vorig jaar'.

'De meeste leraren hebben me al apart gezet in de klas, daar baal ik van. Alleen bij jou en bij maatschappijleer zit ik niet alleen. Je kunt je mond niet eens opendoen, of je wordt de klas uit gestuurd,' mopperde Iris. 'Ik vind iedereen veel strenger dan vorig jaar.'

Broersma lachte. 'Volgens mij ben jij niet een van de gemakkelijksten, Iris. Ik heb niet over je te klagen, maar ik heb andere verhalen gehoord.'

Iris trok haar wenkbrauwen op. Ze hield niet van geroddel. Toch gaf ze toe: 'Ik weet het.'

'Wat zijn je plannen na de havo?' Broersma ging op een ander onderwerp over.

Nou, dat viel mee van die vent. Niet eens een preek over hoe ze zich moest gedragen.

'Ik weet het niet. Ik ben er nog niet zo mee bezig geweest.'

'Je was meer bezig met het hier en nu.'

'Ja, dat zal wel.'

'En als ik je nu vraag wat je leuk lijkt?'

Iris dacht terug aan haar vakantiewerk. Ze herinnerde zich het fijne contact met sommige bewoners en de dankbaarheid van die mensen, die haar zo goed had gedaan.

Ineens ging ze recht op haar stoel zitten. 'Misschien wil ik wel iets in de ouderenzorg doen.' Ze vertelde over haar ervaringen in het verzorgingstehuis.

'Klinkt goed. Als je meer over studies in die richting wilt weten, moet je een keer bij de decaan langsgaan.'

Hij vroeg nog een paar laatste dingen en daarna kon Iris gaan. Op de fiets op weg naar huis bedacht ze opgewonden dat ze beslist informatie bij de decaan zou gaan halen. Misschien was het echt een goed idee, zo'n opleiding.

's Avonds begon ze fanatiek aan haar huiswerk, want wilde ze zo ver komen, dan moest ze toch echt eerst de havo afmaken.

Ze werd gestoord door Thijs, die weer eens een sigaretje kwam bietsen. Ze rookten in de tuin, maar daarna liep hij mee naar haar kamer. Iris wilde hem niet wegsturen, ze vond het fijn als hij er was, al had het ook iets dubbels, want buiten haar kamer merkte hij haar nauwelijks op. Hij zat op zijn praatstoel vanavond en Iris vond hem erg aantrekkelijk...

Later op de avond werd ze alweer gestoord: Ferry kwam vragen of ze ervoor voelde weer mee te zingen met de band. Hij had het er met de andere jongens over gehad en ze vonden het allemaal een goed idee om het achtergrondkoor vaker te laten optreden. Ze hoefde niet elke oefenavond mee te zingen, maar één keer in de veertien dagen leek voorlopig voldoende. Iris vloog hem om de hals en gaf hem een zoen op zijn wang. 'Heel graag! Hartstikke leuk! Doen Ilona en Stephanie ook weer mee?'

'Stephanie niet, dat wil zeggen: soms. Ze wordt invalster als er iemand ziek is. Jasmijn doet mee, je weet wel, waar jij toen voor inviel.'

'Oei, dat zal ze wel niet leuk vinden,' zei Iris, denkend aan het jaloerse karakter van Stephanie.

Ferry haalde zijn schouders op. 'Mijn probleem niet,' zei hij onverschillig. 'Zij zingt het minst goed van jullie vieren en dat weet ze ook wel. Maar ze moet wel alles kennen, wil ze een keer kunnen invallen, dus ze oefent wel mee af en toe. Kun je vrijdagavond?'

Iris knikte. Te gek, zeg! Goh, ze voelde zich goed vandaag, beter dan het loodzware gepieker van de afgelopen tijd.

Thijs en zij zaten nu elke avond samen buiten te roken en ook zat hij regelmatig op haar kamer. Ze vond dat Bart zich niet aan moest stellen met zijn jaloerse opmerkingen. Ze deed toch niets wat verboden was? Ze praatten alleen maar. Kennelijk had Thijs daar behoefte aan en zij vond het leuk. Ze was heus niet verliefd op hem. Niet echt. Tenminste, ze wilde niet verliefd worden. En tegelijkertijd wilde ze niets liever dan hem aanraken, zijn armen om haar heen voelen, dicht bij hem zijn, zeggen hoe knap ze hem vond. Ze wilde door zijn nonchalante houding heen prikken. Ze wilde zien hoe hij werkelijk was, ze wilde weten wat zijn ogen zagen als ze van haar wegkeken en het raam uit staarden. Soms, als hij wat langer op haar zwarte stoel zat, moest ze zich bedwingen om niet zelf het initiatief te nemen en hem domweg te verleiden. Ze wou niet. Punt uit.

En toen begon hij ineens over zijn ouders te praten. Zijn moeder was alcoholist en was óf dronken óf ze sliep haar roes uit. Als ze nuchter was, was ze zo depressief dat ze al snel weer naar de fles greep. Zijn vader kon het leven niet goed aan en was regelmatig een tijd weg. Zijn oudere zus was al jaren geleden het huis uit gegaan en dus had hij er een lange tijd alleen voor gestaan. Logisch dat zijn bruine ogen somber stonden.

Hoeveel ellende was er al binnen de muren van dit huis verteld, gevoeld, verwerkt? Hoeveel jongeren hadden een rotjeugd gehad en probeerden hier een nieuw leven op te bouwen? Iris luisterde. Wat haar zo goed had gedaan, deed ze bij hem: ze ging op de leuning van zijn stoel zitten en sloeg haar arm om hem heen.

En zo dichtbij voelde ze het knetteren tussen hen. Ze wou niet, maar haar vingers begonnen als vanzelf zijn schouder te masseren. Daarna gleden ze langs zijn nek, speelden even met zijn haar en streelden weer zijn nek.

Thijs zat stil in de stoel en keek naar haar op. Iris hief haar andere hand naar zijn gezicht en betastte, voelde, streelde het. Die mooie, lieve, droevige ogen. Eindelijk zag ze ze van dichtbij. Geen onverschilligheid, geen in zichzelf gekeerde blik, ze keken haar recht aan, ze keken haar verliefd aan. Iris schrok ervan, ze wilde hem loslaten, maar hij trok haar op zijn schoot.

Hij bleef haar aankijken en Iris' vingers betastten opnieuw zijn gezicht en ook zijn hals en borst. In een flits schoot het door haar heen dat zijn onverschilligheid een houding was om de pijn vanbinnen te verbergen. Had zij niet ook zoiets gedaan? Alleen deed zij stoer en had ze een grote bek.

Nu ze de pijn zag, begreep ze hem. Ze bracht haar gezicht dichtbij en kuste Thijs op zijn lippen. Ze wilde de pijn weg zoenen.

Toen sloeg hij zijn armen om haar heen, hij deed zijn mond open en zijn tong zocht die van haar.

Ze bleven een tijd in de stoel zitten, alleen af en toe zeiden ze wat tegen elkaar. Lippen, handen en lijf zeiden genoeg. Ondertussen raasde het in haar kop: wat doe je? En Bart dan?

'Kom eens,' zei hij en hij trok haar op het bed. Thijs zoende haar overal, op en onder haar kleren. Ze kón niet meer nadenken.

'Wat ben je mooi, wat ben je lief,' fluisterde hij. Hij gleed met zijn tong over haar blote buik.

Iris kromp ineen. 'Niet doen! Ik ben zo vreselijk kietelig.'

'O ja? Dat had je niet moeten zeggen,' zei Thijs en nog een keer legde hij met zijn tong dezelfde route af.

Giechelend rolde ze zich onder zijn lijf vandaan, op de grond. Nu raakten ze in een gevecht gewikkeld, half op bed, half op de grond. Iris lachte en zei, terwijl ze boven op hem zat: 'Ik heb het zo warm. Jij ook? Zullen we iets uittrekken?'

Ze voelde zich dronken, haar hoofd en haar buik gloeiden. Hij vond haar de moeite waard! Ze was de moeite waard!

Thijs bleef de hele avond. Ze konden niet stoppen met complimentjes geven en strelen en zoenen, en pas laat verliet Thijs Iris' kamer om in zijn eigen bed te gaan slapen.

23

De volgende avond was het vrijdagavond. Door de stromende regen fietste Iris samen met Stephanie naar Ferry's school, waar de band repeteerde. Ze trapten moeizaam tegen de harde wind in. Kletsnat kwamen ze aan. Was ze nou maar niet zo eigenwijs geweest, een regenpak was beslist geen overbodige luxe met dit weer. Je zag er alleen zo belachelijk uit in die dingen. Iris' natte spijkerbroek kleefde tegen haar benen, toen ze naar het oefenlokaal liepen.

De hele dag had Iris met haar hoofd in de wolken gelopen. Thijs zat nog in haar hele lijf. Op school had ze zich echt niet kunnen concentreren. Maar goed dat het weekend was, want veel had ze niet geslapen. Niet alleen Thijs, ook de gedachte aan Bart had haar wakker gehouden. Het kon natuurlijk niet wat ze had gedaan.

Stephanie had haar nieuwsgierig opgenomen aan het ontbijt vanochtend en keek steeds heen en weer van haar naar Thijs en van Thijs naar haar. Vermoedde ze iets? Thijs deed net zo nonchalant als altijd, maar toen ze hem in de gang tegenkwam, nam hij haar onmiddellijk in zijn armen om haar heftig te zoenen. Ze lieten elkaar nog net op tijd los toen voetstappen op de trap klonken. Iris was vlug haar kamer binnen gegaan.

De bandleden begroetten haar en Stephanie enthousiast. Ze waren de laatsten. Ilona zoende Iris op beide wangen. Ze zou nu graag alles aan Ilona vertellen. Dat kon nog niet, want de repetitie begon direct.

Om erin te komen zongen ze eerst wat oude nummers en daarna leerde Ferry hun enkele nieuwe, zelfgeschreven nummers. Heerlijk om te zingen, ze vergat Thijs en Bart helemaal.

Na de oefenavond gingen ze stappen met de hele band. Zodra het kon, nam Iris Ilona apart in het rookgedeelte. Hier kon je tenminste verstaanbaar iets vertellen.

'Wat moet ik nou doen?' besloot ze het verhaal.

'Eerlijk opbiechten,' vond Ilona.

'Dat durf ik nooit.'

'Wel zo eerlijk. Wil je iets met Thijs?'

'Ik weet niet...' Iris aarzelde.

'En hij? Hij weet toch dat je verkering hebt met Bart?'

'Ja, maar het kan hem niet zo veel schelen. Hij hoeft geen verkering, hij wil alleen zoenen.'

Ilona snoof. 'Gaat het goed tussen jou en Bart?' vroeg ze toen.

'Mwah,' antwoordde Iris, 'met ups en downs. Ik hou nog wel van hem, maar ik ben ook verliefd op Thijs!'

'Je zal moeten kiezen.'

Iris nam een grote slok van haar bier. 'Weet je,' zei ze langzaam, 'dat hij op me is gevallen... Dat hij me zomaar aardig vindt. Dat is zó goed voor mijn zelfvertrouwen...'

'Dat geldt toch ook voor Bart?' vroeg Ilona.

'Ja, dat is waar. Maar het begin met Bart is zo lang geleden. Ik ken Bart al heel lang, weet je. In het begin geloofde ik nauwelijks dat hij verliefd op mij was. Zo'n onzeker tutje was ik toen. En altijd heb ik Bart verweten dat hij me betuttelde, maar in feite wou ik het zelf ook. Hoe meer hij zich met mij bemoeide, des te meer was ik overtuigd van zijn liefde voor mij. Gek, hè?'

'Helemaal niet!' verzekerde Ilona haar.

'En diezelfde bemoeizucht ergert me nu weer GI-GAN-TISCH! Maar bij iedereen die nieuw is, moet ik me opnieuw bewijzen, want anders denk ik dat ik niet de moeite waard ben. Lekker vermoeiend.' Ze moest er zelf van zuchten.

'Maar Iris,' vroeg Ilona, 'waarom deed je zo afwijzend toen je net bij ons in het leefgroephuis was? Ik deed mijn best contact met je te krijgen, omdat ik je aardig vond. Dat was toch wel duidelijk? Maar jij wou niet. Hoe kon je dan denken dat ik je niet de moeite waard vond, zoals jij dat zegt?'

'Ik weet het niet precies,' zei Iris. 'Ik ging er geloof ik al van uit dat niemand me aardig zou vinden. Ik was bang voor vriendschap.'

Iris dacht even na terwijl ze nog een sigaret opstak. 'Ik was zo met mezelf bezig,' ging ze verder. 'Ik was niet geïnteresseerd in jullie, vroeg me ook helemaal niet af waarom jullie daar woonden.'

'Ach, volgens mij heeft iedereen dat in het begin.'

'Ik heb me onmogelijk gedragen,' zei Iris.

Ilona grinnikte.

'Het ging een tijd goed,' zei Iris, 'maar nu doe ik het weer. Die stomme kutregels.'

'Je bent nog steeds boos,' zei Ilona.

Iris haalde diep adem. Ja! Ze was nog steeds kwaad. Zoals adrenaline door je lijf begint te stromen bij gevaar of spanning, voelde ze de boosheid ook weer. Ze stond op. 'Ik wil nog een biertje. Jij ook?'

Iris haalde de drankjes. Nadat ze terug was, zei ze: 'De anderen vragen wat we zo druk te bespreken hebben.'

Ilona haalde haar schouders op. 'We doen straks wel weer

sociaal.' Ze nam haar biertje van Iris aan en vroeg: 'Waar waren we gebleven?'

'De regels.' Ook Iris nam een slok. 'Maar ik moet zeggen: het is ook gezellig, zo'n huis. Er is altijd wel iemand om mee te kletsen, tv mee te kijken of mee te hakketakken. Alleen met Leonie was ook saai.'

Toen vroeg Ilona: 'Heb je Leonie alweer eens gezien, na die ene keer?'

'Nee...'

'Wil je dat niet?'

Iris zette het glas aan haar mond en keek Ilona aan. 'Ja, eigenlijk wel.'

'Ik kan het me zo moeilijk voorstellen, je eigen moeder...' zei Ilona.

'Het is anders dan bij jou, Ilona. Ze was mijn moeder niet meer.'

'Ja, dat weet ik, maar toch...'

'Weet je, ik mis haar.' Iris zei hardop wat ze tot nu toe alleen maar durfde te denken. 'Vind je dat gek?'

'Nee, helemaal niet! Je kan haar toch best missen, ook al vind je dat zij geen moeder voor je is. Waarom ga je niet nog een keer naar haar toe?'

'Dat durf ik niet.'

'Waar ben je bang voor?'

'Dat het weer misloopt. Dat het weer zo raar gaat als toen.'

'Dat is alweer zo lang geleden. Misschien gaat het nu anders.'

'Misschien…' zei Iris. 'Hé, vertel eens wat over jouw ouders? Of vind je het moeilijk om over ze te praten?'

'Nu niet meer. Ze waren...' Ilona vertelde over haar ouders tot de rest van de groep hun aandacht op kwam eisen.

De volgende dag liet het gesprek met Ilona Iris niet los. 'Waarom ga je niet nog een keer naar haar toe?' hoorde ze Ilona steeds zeggen. En wat moest ze nou met Bart? De hele dag was ze onrustig. Zaterdagavond fietste ze met bonzend hart naar hem toe.

Ze praatten over sport, muziek, tv, waar hij maar in geïnteresseerd was. En over Leonie. Bart vond het een goed idee naar haar toe te gaan.

Pas toen hij een beetje met haar begon te vrijen, zei ze: 'Bart, ik moet je iets vertellen.' Dat kon natuurlijk niet, nu zomaar vrijen met Bart.

'Wat dan?'

'Ik... eh...' Shit, wat moeilijk. 'Ik... heb gezoend met Thijs.'

Alsof hij werd gestoken, zo snel liet hij haar los. Hij zei niets, maar keek haar aan. Iris schrok van de boze blik in zijn ogen. Hij wendde zich af en schoof iets op, weg van haar. Hij boog zich voorover en verborg zijn gezicht in zijn handen. Iris keek naar hem, raakte toen voorzichtig zijn schouder aan, streelde even over zijn rug. Bart schoof verder op.

'Ik wist het. Ik heb het aan zien komen,' zei hij.

Iris wist niet wat ze moest zeggen. Ze voelde zich rot, maar ja, daar kon ze niet mee aankomen.

'Ben je ook met hem naar bed geweest?' vroeg Bart. Iris keek verwonderd op. Deed dat er iets toe?

'Nee, hallo, zo snel gaat dat niet.'

Hij zweeg, kneep zijn lippen stijf op elkaar. Waarom zei hij nou niks? Alles was beter dan die stilte.

'Zal ik maar naar huis gaan?' vroeg ze zacht.

'Hoe kon je dat nou doen?' barstte hij eindelijk los. 'Ben ik niet goed genoeg voor je? Ik dacht dat wij het weer goed hadden samen!'

Bart schold haar uit en Iris liet het over zich heen komen, dat was tenminste beter dan dat zwijgen.

'Zal ik maar naar huis gaan?' vroeg ze nog een keer nadat Bart was uitgeraasd.

'Ja,' knikte hij, 'dat lijkt me beter.'

'Ik bel nog wel,' zei Iris bij de deur.

'Ja,' zei Bart weinig enthousiast, 'dat is goed.'

Treurig fietste Iris naar huis. Wat had ze gedaan? Waarom had ze zich niet beter weten te beheersen met Thijs? Had ze spijt? Het was een fijne herinnering, maar het voelde niet goed dat ze Bart pijn had gedaan.

En toen Thijs die avond bij haar aanklopte om te vragen of ze mee ging roken, was ze bang dat ze nog iemand pijn moest doen. 'Ik wil wel een sigaret met je roken, maar meer doe ik niet met je,' zei ze toen ze met hun jassen aan buiten zaten. Dan had ze het maar achter de rug.

'Dat is duidelijk,' antwoordde Thijs, terwijl hij zijn sigaret aanstak. 'Is dat om Bart?'

'Ja.'

'Je hebt er toch geen spijt van?'

Over haar antwoord moest ze nadenken. 'Nee,' zei ze zacht.

Dit was net zo moeilijk als bij Bart. Ze had medelijden met Bart en nu ook met Thijs. En ook met zichzelf, want het liefst wilde ze dat Thijs zijn armen om haar heen sloeg. Ze voelde zich koud en alleen. In wat voor situatie was ze in hemelsnaam verzeild geraakt?

'En jij?' vroeg Iris.

'Nee, ik vond het fijn.'

Iris bloosde. Wat moest ze daar nou op zeggen?

'Jammer,' zei Thijs. Hij drukte zijn sigaret uit en ze liepen naar boven. 'Nog één klein kusje?' bedelde hij in de gang tussen hun slaapkamers in. 'Om het af te leren.'

Iris wendde haar wang naar hem toe. 'Daar,' zei ze.

Maar dat ging natuurlijk niet. Zodra hij met zijn lippen haar wang aanraakte, sloegen ze onmiddellijk hun armen om elkaar heen. Die afscheidszoen duurde een kwartier.

24

Stikzenuwachtig zat Iris in 'De Brasserie' op Leonie te wachten. Ze was veel te vroeg. In gedachten voerde ze alvast hele gesprekken met haar moeder en bedacht vragen die ze straks kon stellen.

Het meisje kwam haar bestelde koffie brengen en Iris verlangde wanhopig naar een sigaret. Hoe zou Leonie straks zijn?

Het was een idee geweest van de maatschappelijk werkster, met wie ze nog steeds af en toe praatte, om Leonie niet thuis, maar ergens in de stad te ontmoeten. Ze had Jeanette verteld dat ze alsmaar liep te denken aan haar moeder en dat ze niet naar haar toe durfde te gaan. Hier, in een café, was het 'neutraal terrein' en waren er geen kinderen bij. Dat idee had Iris wel aangesproken.

Daar was Leonie. Ze opende de deur van het café en keek zoekend rond. Iris stond op en wenkte. Leonie was net zo zenuwachtig als Iris, leek het wel. Ze liet haar tas vallen toen ze Iris begroette en ze hing haar jas wel drie keer anders over de stoel.

'Zo, daar zitten we dan. Het is alweer een poosje geleden dat we elkaar zagen,' zei Leonie.

'Ja.'

'Je ziet er goed uit.' Leonie nam Iris uitgebreid op.

Speciaal voor vandaag had ze een spijkerjasje aangetrokken met een shirtje met geel en blauw eronder. 'Jij ook koffie?' vroeg Iris gauw. Ze voelde zich niet op haar gemak onder Leonies onderzoekende blik.

'Ja. En zullen we er wat bij nemen?' stelde Leonie voor. 'Ik wil appelgebak. Jij ook? Met of zonder? Ik trakteer!'

Dat was een goed begin. 'Ja, lekker,' antwoordde Iris, 'met slagroom graag. En wil je voor mij nog een kop koffie bestellen?'

Nadat Leonie de bestelling had gedaan, vroeg Iris: 'Hoe gaat het met je?'

'Goed. Ik heb het wat rustiger thuis: nu Mila en Milan niet meer zo heel klein zijn, heb ik wat minder werk. Ze worden deze winter al twee!'

Iris dwong zichzelf nog een vraag over hen te stellen. Ze waren Leonies leven. Dat moest ze toch accepteren, wilde ze op wat voor manier dan ook contact met Leonie hebben. Ze luisterde beleefd en probeerde zo belangstellend mogelijk te zijn. Ook al moest ze zichzelf geweld aandoen, het maakte haar niet zo prikkelbaar als de vorige keer.

Leonie vroeg daarna gelukkig naar school en naar haar vakantiewerk. Enthousiast vertelde Iris over haar idee na school misschien iets met ouderenzorg te gaan doen. Leonie knikte waarderend.

De koffie en de appeltaart werden gebracht en het gesprek viel even stil. Leonie schepte de slagroom van haar appelpunt op haar koffie. Ze had meer rimpels in haar gezicht dan Iris zich herinnerde.

'Jij ziet er ook goed uit,' zei Iris, niet geheel naar waarheid. Leonie zag er een beetje moe uit.

'O ja? Ik vind dat ik...' Leonie aarzelde. Toen vroeg ze: 'Weet je al dat we gaan verhuizen?'

Nieuwe gespreksstof, het ging goed. Moeder en dochter

samen de stad in, zoals zo veel moeders en dochters. Aan niets was te zien dat ze geen gewone moeder en dochter waren, dat ze elkaar in maanden niet gezien of gesproken hadden.

Leonie vertelde over hun nieuwe huis. Over een paar weken zouden ze overgaan. Gijs en zij hadden een huis in een nieuwbouwwijk gehuurd, met een tuin. Dat was wel zo fijn voor de tweeling: zo kregen ze meer speelruimte.

Wat een raar idee, dacht Iris, straks woonde haar moeder in een huis waar zijzelf nooit gewoond had. Misschien was het dan gemakkelijker nog eens bij haar thuis te komen.

'Weet je dat Senna regelmatig bij ons oppast?' vroeg Leonie. 'We zullen haar missen, het is heel handig, zo'n oppas vlakbij.' Hoorde ze daar nou het verwijt doorklinken? Nee, niet zo achterdochtig doen!

Iris knikte. 'Ik weet het.'

Leonie gaf hoog op van Senna en de manier waarop ze met de tweeling omging. Iris wist dat Senna gek was op kinderen. Ze wilde na de havo ook iets met kinderen gaan doen. Iris moest ineens denken aan een opmerking van Senna, laatst. Zij wilde graag jongere broers of zussen, maar had ze niet. Iris had ze wel, maar wilde ze niet. Dwars daardoorheen kruiste de gedachte aan Ilona die haar ouders zo graag terug wilde. Wie had wel hoe hij het hebben wilde?!

'Zo horen we toch regelmatig iets over jou,' ging Leonie verder.

'Wil je dat dan?' vroeg Iris.

'Ja, natuurlijk, je bent en blijft mijn dochter,' zei Leonie.

Ze roerde in haar koffie en praatte zacht voor zich uit, zonder Iris aan te kijken: 'Ik heb veel verdriet gehad om jou. Ik was na al die jaren van alleen zijn zo blij en gelukkig met

Gijs. Ik dacht dat het voor jou ook goed zou zijn, een soort vader in huis, al kon ik me voorstellen dat je hem niet zonder slag of stoot accepteerde. Maar je bleef zo bokkig en je sloot je helemaal voor ons af, dat vond ik erg jammer. Ik dacht dat jij ook gelukkiger kon worden met Gijs erbij, al was het alleen maar omdat we het financieel ruimer kregen. Ach, wij waren ook altijd maar met z'n tweeën. Toen ik zwanger was, hoopte ik dat jij dat ook leuk zou vinden. Ik zag ons al de stad in gaan om de babyuitzet te kopen: samen met mijn grote dochter, dat leek me wel wat. Maar jij was zo onhandelbaar. Ik had het gevoel dat ik je aan het verliezen was.'

Iris luisterde en slikte alles in wat boven kwam. Stil keek ze naar Leonies bewegende mond.

'Je kwetste me omdat je de tweeling zo volledig negeerde. Ik kon het amper aan: steeds maar die strijd met jou en dan nog de zorg voor Milan en Mila. Het was een zware tijd, dat eerste jaar. Ik was aldoor moe en dan dat vele babygehuil. Toch was ik ook gelukkig, met Gijs en met de kleintjes. Alleen kon ik de problemen met jou er niet meer bij hebben. Ik heb je wel wat tekortgedaan, maar ik kon niet anders op dat moment.'

Wel wat tekortgedaan! Noemde zij dat zo? Nu wilde Iris wel hiertegen ingaan, maar toen ze Leonies blik opving, deed ze toch haar mond dicht, hoeveel moeite dat ook kostte. Ze zag ook hoe Leonie worstelde met haar gevoelens. Het was voor het eerst dat Leonie zo met haar praatte.

'Ik probeerde bij Milan en Mila goed te maken wat ik bij jou fout had gedaan. Toen je wegliep, werd het gemakkelijker thuis, want Gijs had behoorlijk de pest in over jouw gedrag. Het was wel zo rustig... Daar voelde ik me heel schuldig over... En weet je, toen je weer kwam, wilde ik het zo graag goed doen... Je stond zo onverwacht voor mijn neus. Ik was blij dat je eindelijk was gekomen, maar tegelijk was je komst een bedreiging. Hoe moet ik dat uitleggen... We hadden het fijn met z'n viertjes. Nee, het was geen succes, toen, ik heb dingen gezegd waar ik later spijt van kreeg. Waarom heb je nooit op mijn kaartje gereageerd? Ik was heel teleurgesteld dat je niks van je liet horen.'

'Ik was boos,' zei Iris, 'omdat het zo gelopen was. En vooral was ik boos omdat je het belangrijker scheen te vinden dat de tweeling mij weer zag dan dat wij elkaar weer zagen. Ik voelde me opnieuw achtergesteld.'

Wat moest ze nog meer zeggen? Hoe moest ze reageren? Iris wist het niet. Te veel tegenstrijdige emoties gingen door haar heen: verwijt, begrip, woede, verdriet, blijdschap om Leonies woorden.

Leonie zei ineens: 'Vind je echt dat ik er goed uitzie? Ik vind dat ik zo'n ouwe kop heb gekregen.'

Even voelde Iris de neiging Leonie te kwetsen, haar pijn te doen met een vervelende opmerking. Maar misschien moest ze verstandig zijn. 'Valt wel mee hoor, je bent nog steeds een jonge moeder!' zei ze dus maar.

'Wil je nog een kop koffie?' vroeg Leonie op heel andere toon. Ze begon weer over het nieuwe huis. Wat wilde zij nu nog tegen Leonie zeggen? Ach, misschien kwam dat later wel. Er was vast een later... Ineens voelde ze dat heel duidelijk. Ja, er was een láter voor haar moeder en haar! Daar zou ze zelf ook voor zorgen. Hoe zei Joanne dat ooit? Met goede voornemens kun je iedere dag beginnen.

'Je ziet er leuk uit,' zei Leonie voor de tweede keer toen de koffie voor hen op tafel gezet werd.

Oké, werd het dan nu tijd dat zwart definitief weg te doen?

Ze praatten nog wat over zomaar wat dingen en in haar achterhoofd zweefden heel belangrijke woorden: *ik zal er toch zelf iets van moeten maken. Vanaf nu ga ik het anders doen. De rest van mijn leven begint vandaag!*

Bij het afrekenen zei Leonie: 'Zullen we dat nog eens doen, samen koffiedrinken in de stad?'

'Ja,' zei Iris, 'dat lijkt me leuk.'

Ze zoenden elkaar ten afscheid, als een gewone moeder en dochter.

25

Ze zaten met z'n allen om de tafel: Thijs, Ferry, Stephanie, Tosca, Junior, Iris en Wubbe. Thijs had gekookt, hij kon dat goed. De gordijnen waren dichtgeschoven, de regen kletterde hoorbaar tegen het raam. Iris had de herfst altijd vreselijk gevonden, zo koud en zo nat, nu waardeerde ze de gezelligheid binnen.

Na het eten zei Wubbe tegen Iris: 'Loop je even mee, Iris?' Hij ging haar voor naar het kantoortje. Verbaasd liep Iris met hem mee. Er was nu toch niks aan de hand? Ze deed haar best gewoon mee te draaien in de groep!

'Ik zie wat je denkt,' zei Wubbe vrolijk, 'en ik vind dat het tijd wordt voor een dik compliment.'

Iris nam hem argwanend op. 'Hoe bedoel je?'

'Ik vind dat het de laatste dagen goed gaat met jou. Misschien sinds je Leonie hebt gezien. Er is iets in je blik, je houding... Klopt dat?' Hij grijnsde. 'Als je niet oppast, word je nog een sociaal wezen.'

Iris lachte. Ze vond het fijn om dat te horen.

'Heb je het ook beter naar je zin, nu?'

'Ja,' antwoordde Iris. 'Ik was best lastig, hè? Ik schaam me daar nu wel een beetje voor.'

'Moet je niet doen, joh.'

'Weet je, Wubbe, het is haast moeilijker om gewoon te doen dan om kattig te doen, maar zo is het uiteindelijk veel prettiger.'

Wubbe lachte. 'Daar ben ik blij om.'

'Ja, en... ik was zo bang dat ik jullie aardig zou gaan vinden. Ik wilde me aan niemand binden, want iedereen die ik aardig vond, ging bij me weg.'

'En daarom besloot je maar een lastig portret te worden!' zei Wubbe. 'Want stel je voor dat iemand jou aardig zou vinden...'

'Ja,' zei Iris zacht. 'Ik dacht echt dat de hele wereld tegen me was.'

'En wat denk je nu?'

'Het valt wel mee. Zelfs mijn moeder wil me weer zien!'

'Het is heel fijn dat jullie weer contact hebben. Ik hoop dat je dit nu kunt vasthouden!'

'Wubbe, het is zo gek... Ik wist op een gegeven moment best hoe het werkte, waarom ik iedereen van me afstootte, maar toch kon ik het niet voor elkaar krijgen om te veranderen. Een beetje tegenslag en béng, terug bij af, ging ik weer tegen de hele wereld aan schoppen.'

'En dan wordt het zomaar een gewoonte.' Wubbe ging op andere toon verder: 'Maar ik denk dat je nu bezig bent je pijn echt te verwerken. Je kunt nu vast verder met je leven.'

Iris knikte instemmend. 'Dat wil ik wel graag.'

'Het viel niet mee, hè?' Wubbe legde zijn hand even op die van haar.

'Nee. En ik moet het zelf doen, hè?'

'Ja, jij moet het doen. Maar dat kun je wel. Je bent een kanjer!'

Iris keek Wubbe vragend aan. 'Mag ik nog even naar Bart? Ik moet iets tegen hem zeggen.'

'Ja hoor, doe hem de groeten!'

Op haar kamer stond Iris stil voor de spiegel. Ze keek naar

zichzelf. Ze zag zichzelf. Zij, Iris, wie was zij nou eigenlijk?

Niet iemand die te veel was. Nee, ze had hier haar eigen plek gevonden. Hier werd ze gewaardeerd. Door Ilona, al woonde die niet meer hier, door Thijs, door Joanne en zelfs door Wubbe. Maar wat vond zij van zichzelf, van de Iris die ze was?

Thijs waardeerde haar lijf, haar uiterlijk. Ze konden maar niet stoppen met hun 'afscheidszoenen' en 'nu echt de laatste keer'. En hoe kon Bart haar kennen, als ze zelf niet wist wie ze was, hoe ze was? Bart was te veel verbonden met de Iris die haar onzekerheid verborg door stoer en kattig te doen.

Er was een andere Iris, een nieuwe Iris, de enige die van binnenuit haar leven leefbaar kon maken. Een die nog net zo onzeker was, maar die haar onzekerheid niet langer ontkende. Ze moest haar nodig beter leren kennen en ze moest nieuwe kleren hebben! Dat alles zou ze alleen doen. Zonder Bart, zonder...

Thijs stond achter haar en had zijn armen om haar middel geslagen, zijn vrolijke gezicht naast haar ernstige in de spiegel. Ze had hem niet binnen horen komen.

Hij drukte een kus in haar nek. 'Wat is er?' vroeg hij. 'Je kijkt zo serieus.'

Iris draaide zich om.

'Het spijt me, Thijs, maar vergeet dit alles.' Ze maakte zijn armen los. 'Ik ga straks naar Bart, ik ga het uitmaken met hem. Ik heb ruimte nodig, Thijs. Ik wil even niemand.'

'Maar dan...' zei Thijs.

'Nee! Ook jij niet!' zei Iris met nadruk. 'Ik vind het moeilijk om dat ook tegen jou te zeggen, ik vind je... leuk en we hebben lekker gezoend, maar ik wil nu even géén vriendje.'

'Waarom niet?'

'Ik kan dat niet zo goed uitleggen. Ik heb het zelf nog maar pas ontdekt. Maar zo wil ik het.'

'We komen elkaar elke dag tegen, dat kan toch niet?' protesteerde Thijs.

'Ik weet het,' antwoordde Iris, 'dat zal best moeilijk zijn, maar het is niet anders...'

'Jammer... Ik ben... Ik vind je...'

'Wil je nu weggaan, alsjeblieft?'

Toen ze zich van Thijs afwendde en weer naar de spiegel keek, zag ze een waterig spiegelbeeld. Ze knipperde een paar keer met haar ogen en begon zich nauwkeurig op te maken. Dat was A, nu nog B.

Ze fietste naar Bart. Ze hadden geen contact meer gehad sinds ze hem had verteld dat ze met Thijs had gezoend, ook niet via chat of sms, maar het was officieel nog niet uit.

Zijn moeder deed open. 'Dag Iris. Kom binnen. Bart is boven.'

Bart zat achter zijn bureau en keek op. 'Hoi,' klonk het stug.

'Hoi,' groette ze terwijl ze in de deuropening bleef staan. 'Mag ik binnenkomen?'

'Ja, ja.' Bart verroerde zich niet, hij keek langs haar heen.

Ongemakkelijk ging Iris op zijn bed zitten. 'Ben je nog kwaad?'

'Ja en nee.' Nu keek Bart haar wel aan. 'Ik vind het nog steeds een rotstreek, maar ik ben niet boos meer.'

O, wat was dit moeilijk. Ze had op de fiets verschillende zinnen bedacht en nu kon ze de woorden niet meer vinden.

'Wat is er?' vroeg Bart.

'Ik kom het uitmaken.'

'Wat?'

'Dat het uit is tussen ons.'

'Is het om Thijs?'

'Nee, ik heb net tegen Thijs gezegd, voor ik hierheen ging, dat ik niks met hem wil.'

'Maar... waarom dan...' vroeg Bart niet-begrijpend.

'Ik wil... Ik wil gewoon even niemand. Ik wil tijd voor mezelf, tijd om uit te zoeken wie ik ben... of, nou ja, gewoon, ik wil vrij zijn.'

Bart staarde haar aan. Iris liet hem de tijd om haar woorden tot zich door te laten dringen. Ze sloeg haar ogen niet neer. 'Je hebt veel voor me betekend,' voegde ze eraan toe. 'Je hebt me geholpen toen het moeilijk was. Nu wil ik het zelf doen.'

'Je meent het serieus, hè?' vroeg Bart.

'Ja.'

'En ik kan je niet ompraten?'

'Nee.'

'Is het definitief?'

'Ja.'

Straks gingen ze allebei nog een potje staan janken. Ze kon maar beter direct weer weggaan. 'Ik ga naar huis. Sorry. Misschien zie ik je nog.'

Naar huis! Ze had een nieuw thuis! Het was voor het eerst dat ze zó over het leefgroephuis dacht. Opgelucht sprong ze op de fiets.